告别

〔日〕井上理津子／著

王菲／译

山东人民出版社·济南

国家一级出版社 全国百佳图书出版单位

图书在版编目（CIP）数据

告别 /（日）井上理津子著; 王菲译 . -- 济南：山东人民出版社, 2023.1
ISBN 978-7-209-13119-3

Ⅰ.①告… Ⅱ.①井… ②王… Ⅲ.①散文集 - 日本 - 现代 Ⅳ.①I313.65

中国版本图书馆CIP数据核字（2021）第040048号

山东省版权局著作权合同登记号　图字：15-2020-145

告　别

GAOBIE

［日］井上理津子 著　　王菲 译

主管单位　山东出版传媒股份有限公司
出版发行　山东人民出版社
出 版 人　胡长青
社　　址　济南市市中区舜耕路517号
邮　　编　250003
电　　话　总编室（0531）82098914
　　　　　市场部（0531）82098027
网　　址　http://www.sd-book.com.cn
印　　装　山东华立印务有限公司
经　　销　新华书店

规　　格　32开（145mm×210mm）
印　　张　9.75
字　　数　180千字
版　　次　2023年1月第1版
印　　次　2023年1月第1次
ISBN 978-7-209-13119-3
定　　价　58.00元

如有印装质量问题，请与出版社总编室联系调换。

目 录

第一章　母亲

和母亲的距离

"喂，是我呀，现在方便接电话吗？"

2008年4月28日晚上9点半，当我正坐在电脑前写稿子时，母亲的电话打了进来。电话那端传来的第一声，听起来有些开心，又略带着点儿客气。

我在21岁前都是和母亲一起住，所以这三十年里母亲经常给我打电话。最近兴许是因上了年纪，打电话的次数越来越频繁。

"方便是方便……"

每次我都是这样，从没利落地回答过："好啊！"

"黄金周有什么安排呀？"

"哪有，还是像平常一样工作啊。"

"唉，你总是在工作。好好吃饭了吗？"

"嗯。"

"就不能抽空回来一天吗？和恭子那俩孩子一起。你爸老盼着你们呢。"

"哦，可恭子正忙着找工作……"

恭子是我的女儿，当时正在读大四。

"哦？在找工作啊。"

那段时间我好不容易才习惯了"找工作"这个词，没想到母亲脱口而出。

"恭子想进什么公司呀？"

"听说是制造或金融，我也不太清楚。"

"有没有看好的？"

"那就更不知道了。"

"今年好像比较好找工作呢。"

"听说是，可谁知道呢。反正恭子每天都穿着黑色西装出门，不知道是去哪儿了。"

"不知道是去哪儿了？有没有认真参加公司宣讲会啊？"

看来母亲对"公司宣讲会"这个词语也很熟悉了。

"应该有吧，看起来挺忙。"

"渚也说忙，你那里净是大忙人。"

渚是我的儿子，刚考上大学，这个月起一个人在京都租房生活。从我家到大学坐电车只需要两个小时，走读也没问题，但他想一个人住，就随了他的意。

"哦？又和渚联系了？"

"嗯，是啊。他说自己刚开始打工，不能请假。那孩子现在在比萨店送外卖呢。"

"哦，这样啊，妈比我知道的还要多。"

"你不要只顾着埋头工作，有时间多关心一下俩孩子。"

"好好好……"

真是，母亲总是喜欢干涉我的事。这些话我早就听腻了。我和母亲不一样，会注意不去过分地联系或干涉孩子。"鸭川的樱花正等着我呢！"看着4月1日得意扬扬地离开家去上大学的儿子，我越是关心，就越舍不得放手。心里虽这么想，但绝不会说出口。

"有句老话说，不联系就代表没事嘛。"我婉转地回道。

"哪儿是这样说的，'没有消息就是好消息！'你连这都不知道吗？真丢人哪。"

好吧好吧。我把手机从右手换到左手，在电脑显示的雅虎页面上用右手敲入"有马温泉　金泉　历史"几个关键词，边搜边听母亲继续唠叨。

"对了，偶尔回来陪你爸喝几杯。"

"哦，过几天吧。"

"过几天过几天，到底是什么时候啊？最近一段时间，你爸的病好像越来越严重了。再拖上些日子，说不定下次回来时就认不出你来了。"

"好好好，别总是吓唬我，等有空就回去。"

我嘴上回着话，在脑海中却自行按下了暂停键。

两周前不是刚以"给爸爸过生日"的理由被叫了回去吗？

我还在阪神百货商场买了耐克的蓝 T 恤，用红缎带包好送给了父亲。才不过两周，怎么能叫"偶尔"呢？真是的。那天，刺身、天妇罗、中华粽子、茶碗蒸这些母亲常做的菜，还有"寿司万"的茶巾寿司，摆满了一大桌，我和嫂子及表弟一家围着父母庆生。这样的团聚时刻当然开心，但很累。大家的共同话题无非就是，哪家店的什么什么好吃、大河剧《笃姬》剧情如何、孩子们怎么样等，相当无聊，没有一点价值。这似乎已经成为我家默认的惯例。我试着跟调到关西电力公司上班的表弟搭话："工作怎么样呀？"正要就"电力市场自由化"聊聊时，却被母亲跟嫂子轻而易举地转移了话题："对呀对呀，那（新工作单位）附近有一家和式点心店很不错！"每当这时，我一想到还要写稿子，就早早中途退场回家。看来我的性格很执拗。生日那天我也只待了一两个小时，说声"告辞"就离开了。

"整天和你爸待在一起，真是快被气疯了！刚才也是，睡衣扣子扣错了都不知道，说了多少遍也记不住。裤子也总是穿反，得一点一点帮他改过来。真替你爸感到难为情。"

"上次我回去时不很正常吗？"

"时好时坏。"

"哦……反正待在家里，就算扣错扣子或者穿反裤子，也没什么吧？"

"这样很邋遢啊。没想到你爸会变成现在这个样子，真是
害臊。"

"哎呀，上了年纪没办法，是妈您太有精神了。对了，打
电话来有什么事？"

"呀，差一点把重要的事给忘了。"终于切入正题。

"你知不知道哪儿有卖指导写家谱的书啊？"

"什么？"

"今天啊，我试着做了咱们家的家谱，打算送给启的对象。
可等我上下、左右画了几条线，把大家的名字都写进去后，发
现怎么都弄不好，就寻思着问问你有没有这方面的指导书。"

家谱？听到这个词后，我瞬间有点不耐烦。

启是我的侄子，大哥的独生子。借用母亲那套老传统来
说，启是她唯一的内孙。今年29岁，从小在大阪长大，12岁
时因为他父亲（也就是我大哥）的工作关系去了美国。如今在
华盛顿医院担任实习医生，前段日子突然和一位好像因工作实
习而去了美国的日本女孩儿闪婚。听说是"奉子成婚"，在教
堂里举办了只有两个人的婚礼。今年秋天，母亲就要晋升为曾
祖母了。

"家谱之类的都属古董了，绝对不行！"我斩钉截铁地
回道。

"为什么啊？"

"结婚是当事人的事，如今已经不时兴把有哪些七大姑八大姨的亲戚关系告知给他们了。"我的解释可能太过委婉，母亲好像没有听懂。

"事情这么突然，人家女孩子的父母肯定很担心。我们是什么样的人家，有哪些亲戚，详细说明一下不是显得周到体贴吗？这可是为了启呀！"

"妈您听我说，如今不流行这个了，和以前不一样。您就省省心，不要多管闲事。"

"这哪儿是多管闲事？敏子（启的母亲，也就是我嫂子）那么忙，我帮她做，不是可以让她省些心吗？"

"启或嫂子拜托妈来做的吗？"

"那倒没有……"

"您看看，所以就不要多管闲事嘛！"

"启和敏子可能忙得顾不上家谱吧。我写的话，他们肯定很高兴。"

"有什么好高兴的？我们家又不是什么名门望族，有什么可写的？"面对坚持认为自己不是多管闲事，而全是为了启考虑的母亲，我开始较起真来。

"明摆着就是多管闲事嘛！再说，您这边写了家谱送过去，意思就是让人家女方也出示一下家谱，交代清楚出身、血缘什么的，这样做很俗气啊！"

其实，我也可以选择不把母亲的所作所为当成多管闲事，但是我明白职业、家谱之类的词语，常常和血缘、地望、阶级、门第等概念挂钩。只要入耳，就绝不会置之不问。

我太过固执己见，好像把母亲惹火了。

"算了！"啪的一声，母亲挂断了电话。

听到话筒里传来"嘟嘟嘟嘟"的响声，我心想："啊啊，这下子又麻烦啦！"每隔几年，我总是会惹母亲生气一次。

母亲出生于昭和四年（1929），从她满心想要写家谱上面就能看出她的思想和年龄一样老旧。母亲嘴上总是喊："我可没打算干涉你们啊。"可没发觉自己越来越依赖子女了，光这一点就足以说明脑袋有多古董。不过，母亲看起来要比实际年龄年轻很多。

母亲从未生过什么病，和父亲一起因"十年间从没用过医保卡"而受到过健康保险机构的表彰，很是引以为傲。还爱打扮。头发始终是扎丸子头，染了茶褐色，颜色越来越亮，偶尔还别些流苏之类的不同形状的发饰。不知从何时起，还戴起了耳环。现在每天自己开车，有时还去打高尔夫球，会发短信，还会用平板电脑读书。

父母原来住在奈良公园附近的住宅区，三年前被强行搬离（因为是租的房子），也算是机缘巧合，正好搬到了父亲的出生地大阪市西区的一栋出租公寓。如果不堵车，从我家（丰中市千里）到父母家开车需要三四十分钟。现在父母两个人一起生活，有介护员帮忙照顾患有认知症的父亲。在外企航空公司工作的嫂子住在临近父母公寓的另一栋公寓里，每天都会去父母家里。说来有点复杂，大哥这二十年来一直住在美国洛杉矶，和嫂子两人可以说是长年"远距离婚姻"。

前一段时间，总是听到同年龄段的朋友们聊起父母病倒、刚开始照料很不容易之类的话题。每当这时，我总是不以为意："我家才不会沦落到这种地步呢！"母亲也总是很得意："祥打电话时笑称'我家二老不需要子女担心'。"我大哥叫祥造，从小大家都习惯叫他"祥"。夫妇中大多是丈夫先离开，我们家早晚也是得由母亲照看父亲吧。等父亲百年后，母亲就和嫂子一起去美国洛杉矶大哥的家里转转，或是待在老家颐养天年。我顶多偶尔露个面，继续接听电话就行了。当时我也就这么略微地想了一想。

顺便说一下我父亲。父亲生于大正十三年（1924），两周前刚过完84岁生日。他是一位牙科医生。按照文件上的记载，名义上还担任淀川区"大内牙科"诊所的所长，其实早已赋闲在家。听母亲说，大概在三年前，有一位患龋齿的患者来看病，父亲不小心把紧挨着龋齿的一颗好端端的牙齿给拔掉了。"当时你爸害怕患者起诉，吓得脸都发青了。结果那位患者说：'一直以来总是受大内医生关照，这点小事就算啦。'对方也没有发火，你爸送了人家一盒点心，事情就了了，真不愧是你爸，有两下！"本以为母亲会责怪父亲，没想到反变成了表扬。多年来，母亲每次向我提起父亲时，总是采用这种先抑后扬的口吻。可是，最近听到的抱怨日渐增多："你爸真是很邋遢"，"简直无可救药"，表扬的话越来越少了。

大内牙科继续靠聘请牙科医生、牙科护士以及牙科助手来运转。实际上这两年半来，我和当会计的朋友绞尽脑汁，才好歹将诊所的收支维持了下来。父亲虽然不再接诊，但起初一段时间里总会让母亲开车带他去诊所，在诊察室旁边的技工室里看看电视、读读书，可后来待在家里的时间越来越多。

要问为什么不关掉诊所，无非还是因为钱。我也是听了母亲的话后才知道的："要是不开诊所，恐怕都没法儿活下去了。"我知道父母都没有养老金，可毕竟是牙医，加上平时过日子也不是紧巴巴的，就想着二老手里应该有一笔可观的存款。当得知事实并非如此时，最慌乱和担心的恐怕只有我了。

大哥发来邮件说："请T先生帮忙打理诊所吧！"T先生是父亲的入门弟子，和大哥以前在大阪开的公司的一位女员工结了婚，后来在福井县也开了一家诊所。我想这也是个办法，就去T先生那里跑了一趟。T先生便试着和自家诊所的牙科护士每周来大阪"支援"，可由于他和副院长性情不合，进展不是很顺利。后来就变成了我来插手维持诊所的运营。"对不住，拜托你啦。需要我帮忙的话，尽管提！"虽然大哥嘴上说得好听，可他终究离得太远，根本帮不上什么忙。

父亲花钱一向大手大脚，诊所之前的收入都被花光了。他长年来还兼任诊所附近的关西电力医院总部健康管理室的牙科医生。对方口头允诺的是"没有退休这一说"，加上内科医生可以干到八十多岁，所以父亲认为只要一直做就能领到相应的报酬。换句话说，就是没有认识到身心也是有"保质期"的。

父亲深信自己可以干到75岁，这远远超过了一般的退休年龄，完全是"打错了算盘"。父亲这种乐天派，即使在奈良长年靠租房生活，也丝毫不以为意，从未想过买房子。

以前在西区老家附近购买的公寓，还有高尔夫球场的会员，父亲也都一并放手。"那些啊，都给祥了。"我想父亲可能是想为大哥的生意助一臂之力吧。父母可称道的地方是，无论何时都不会向别人说"我为谁做了什么"，也从不期待回报。总而言之，父亲没有意识到自己会变老，但这两年半里却急速衰老，只靠着并不坐诊的诊所收入过日子。

一年前，当时的副院长辞职，我不得不寻找并聘请新的牙科医生。那一段日子苦不堪言，我甚至拿出自己的私房钱周转融通，拆了东墙补西墙，好歹挺了过去。为了不让父母担心，我一直没敢向他们细说，但母亲多少应该有所察觉或是焦虑过。不过，常言道，好了伤疤忘了痛，母亲依旧一副乐天态度："你爸什么也不用做，每月就能从诊所领到五十万日元，跟领薪水没什么两样嘛，真是谢天谢地啊！"母亲现在每周三天坐镇诊所前台，和长年光顾的老患者聊聊天，计算计算保险点数，收收诊查费，迎送患者出门时不忘道一声"请多保重"，可以说是"招牌老板娘"。

母亲如今身子骨也很硬朗，只不过越来越喜欢黏着我和孩子们，很让人心累。虽然我心里这样想，但一直无法说出口，最近这种感觉愈发沉重。

我曾跟三位朋友抱怨过："父母真是令人心烦啊！"一位朋友说："这烦恼可真奢侈，我很羡慕那些有父母可以伺候的人。"这位朋友和我年龄相仿，二十多岁时母亲去世，四十多岁时父亲也走了。另一位朋友说："明白明白！父母真的很难处。我们家离老家比较近，父母动不动就来家里，不得不陪着一块儿闲聊。川柳杂志上有句打油诗说，世界上最难对付的就是老母亲的电话，真是名言呀！"第三位朋友苦笑着说："不管是我妈还是兄弟姐妹，要不是看在骨肉相连的份儿上，我早就不管他们了。我每次回老家，我妈就叹气：'你穿的衣服真不错啊，我一辈子都买不起！'好像是要拦路打劫，弄得每次回去时我都得把穿的衣服送给她。"

言归正传，今天我又在电话里惹恼了母亲。我就不能多点儿体谅，拿出些耐心向她解释为什么不能写家谱吗？我一边敲着键盘一边思考，结果发现答案很简单：没办法！

烫伤

翌日，也就是4月29日，我一整天都在家里写稿子。人们期待已久的黄金周如约而至，却与我丝毫无缘，因为大部分截稿时间都是在月末或月初。

自我介绍有点晚，我是一名自由撰稿人，当时52岁。当被别人问到感情状况时，我总是图省事利落地回答："离过婚。"实际上，我还没有从前夫的户籍上分出来，但已经别居六年。也就是在一家四口居住的公寓之外，以工作室的名义另租了房子。孩子们选择跟我一起生活。白纸黑字上的户籍没有任何意义，本质上等同离婚。

从短期大学毕业后，我曾在航空公司工作过一段时间，但那时就想从事"书写"的工作。24岁时进入编辑行业，开始与文字打交道。29岁时辞掉地方杂志编辑部的工作，之后就在自由撰稿人的世界里摸爬滚打了二十多年。大多是受晚报、杂志、定期宣传刊物等委托，采访、写稿、交稿。像这样的文字工作，也就在两个孩子各自出生前后的两三个月里中断过，其他时间从来都是马不停蹄。整个状态用一句话来概括，就是"不温不火"。内容多是关于旅行和美食的，也为生于斯长于斯的大阪单独写过《大阪下町酒馆列传》等几本书，还一时成为话题。总之，只要有"订单"上门，便什么都可以写。

　　出版第一本采访合著，是在30岁的时候。当时在接受一家报纸机构一位年长记者的采访，被问到心目中理想作家的成长阶段时，我回答："30岁时什么都可以做，40岁时要决定方向，50岁时要有自己的专门领域。"每每回忆起来时，自己都惭愧得想要钻地缝。之后我也去采访了西成区风俗街、飞田新地，并想要出本书，可是看不到未来究竟会怎样。

　　从昨晚到今天凌晨三点半，有马温泉旅馆指南终于完稿，赶紧发给了东京某旅行杂志编辑部。快中午时才起床，可又要抓紧撰写人权团体网络杂志的稿子，内容是针对即将实施的户籍修订法而对研究专家进行的采访，主题是"遗留的问题点"。无论什么领域，只要能写便都会接下来，不辞昼夜。不过欣慰的是，靠着这份工作，在能够略微喘气休息的同时，好歹也将一双儿女拉扯成人。

　　晚上八点半左右，当我又坐在电脑前工作时，手机嘟嘟响起，一看来电显示，原来是嫂子。"嫂子打电话可真是稀罕事！"我疑惑着接通了电话。

"喂，喂，喂喂……"

电话里传来嫂子惊慌失措的声音。

"我耳朵不背，怎么了？"

"妈被烫伤了，烫了重伤！这会儿在救护车上！"

救护车"呜呜——呜呜——"的汽笛声从听筒清晰地传入耳畔，让人心惊肉跳。

"炸天妇罗的热油从头上浇了下来，现在正往K医院赶。你在哪儿？"

"在家。"

"太好了，还好在家。能马上过来吗？"

"嗯，嗯，K医院在哪儿？"

"上本町一带。"

"上六，还是上七？"我听到嫂子询问救护人员的声音。

"没事儿吧？"

嫂子好像没有听到我的话，自顾自地继续说道："上町筋的Royal Host，左拐。嗯，K医院K医院。你来时注意安全，一定要注意啊，早点过来！"

"好，我马上赶过去。"

冷静，冷静，一定要冷静……

想要点击"文件"里的"保存"按钮保存正在撰写的文稿，

却怎么也做不到。要是全部丢失的话，就赶不上明天的截稿时间了。何况，明天已经联系好要去尼崎的寺院采访。我的双手止不住地颤抖，脑海里快速思考着："算了，就这样丢着吧。"

打电话给女儿恭子。她在南千里的一家家庭餐馆打钟点工，说是到晚上8点，工作应该已经结束了。

"外婆烫伤了，正在救护车上。我这就去医院，你能一起吗？"

明明自己一个人可以立马赶过去，可是朦胧中想到"万一"，不让她们见一面的话……

"啊，烫伤？！怎么会这样？"

"稍后再跟你细说！总之能赶过来是吧？"

"嗯，工作刚刚结束正在换衣服，原打算和前辈们一起去吃火锅……我知道啦，这就去。我该怎么做？"

和恭子在桃山公园东侧会合后，母女俩便匆匆往医院赶去。"安全驾驶，安全驾驶……"我一边像念经文似的喃喃自语，一边开着车。我的车是黄色的大众甲壳虫。突然想起来当初买车时，朋友说："黄色的车不适合参加葬礼。"想到这个，我瞬间松了一口气。新御堂筋几乎没什么车辆。

"外婆现在怎么样？"

"完全不知道，但是……别往坏的方向想。"

我嘴上虽这样说，脑子里却净是最坏的想法。三天前的早上我牵着狗散步时，经过一处老人照管机构的巴士接送点，看到一对均上了年纪的母女正在等车。老母亲以居高临下的态度训斥着女儿："口红涂得太艳了！"等车到后，老母亲丢下一句"赶紧擦掉"后，才扭头上了车。那位女士看到我后，告诉我她自己年过古稀，老母亲也逾百岁，顺着抱怨道："真是，我妈不管什么时候都好啰唆，太烦人了！"当时我禁不住想，要是母亲活到100岁也变成那样，我也会不耐烦吧？今天突然发生的一切，难道是对我的惩罚？

途中，嫂子的电话又打了进来，恭子帮我接通了。

"都进急救室好久了，可现在还没出来哪。"嫂子的嗓门大到我都能听到。"该怎么办好呢？烫伤后就冷敷来着。救护车到家里之前，一直在冲凉水。都这么提前处理了，你说为什么还这么慢呢？"嫂子喋喋不休道，"总之快点来，等着你们啊！"

"已经过新御堂筋了，再有二三十分钟就能到。"我让恭子传话给嫂子。谁知刚挂掉电话，嫂子又紧接着打了过来。

"忘了说了，你顺便去趟公寓，把妈的医保卡带过来，妈说是在榻榻米房间里和式桌子右边的抽屉里。"

谢天谢地！母亲在救护车里（或者是其他地方）还能说出医保卡的保管场所，也就是说，没有生命危险。

从御堂筋南下后，在土佐堀通右转，直到新浪速筋，再往南走，就到了南堀江父母住的公寓前面。我把车停在路边，和恭子一起上了十楼。

门没有锁，父亲一个人呆坐在客厅的沙发里。桌子上摆着饭菜，应该是刚做好端上来的。

"爸吓坏了吧？"

"不得了啊！"

"我这就去医院，爸您多等会儿啊。"

"啊？"

"现在我要去妈在的医院，爸在家里等着。"

父亲泪眼婆娑，没有回话。

"我留下来陪外公吧？"恭子说道。

"那就拜托给你啦！有你陪着，我也放心了，真是帮了大忙！"

嫂子说得没错，榻榻米房间和式桌子的右抽屉里放着医保卡和各种问诊卡，整齐地摞在一起。我一把抓起来放进包里，出了公寓就直奔K医院。

车里没有装导航仪，我对大阪的道路熟悉到被朋友笑称"可以胜任出租车司机"，所以大概了解K医院在哪个位置。可是今天完全失灵了。上町筋往东拐得较早，想象中的地方并没有看到医院的影子。向停在路边的出租车司机打听了路线，说是走到尽头往左拐就能到，可到了之后却发现是其他医院。

我到底在做什么呀？

好不容易找到K医院，却不知道停车场入口在哪儿，在医院周围来回绕了好一阵子。干脆停路上得了！可是如果因为我的车造成死角，撞到夜晚的行人酿出人命就更糟了。平时连想都不敢想的事，此刻不停地在脑海中闪来闪去。最后，终于在"急救入口"附近找到了停车场入口。

嫂子嘱托我带医保卡的电话挂断后，就再没有打过来。

难道？难道？……

不幸中的万幸

三步并作两步，急匆匆地跑进急救入口。

在一楼的走廊里，碰到坐在轮椅上的母亲，正在打点滴，头部、前额、左脸以及脚部都缠了好几层绷带。嫂子坐在旁边的长凳上。

看到我后，母亲竟然笑了起来。

"太好了！还活着！"我心里想。平日里总是把脸涂得雪白的母亲此时一脸素颜。我莫名地想起20岁就结婚的母亲尚未出嫁时的照片，同样的柔和丰满。

"刚出急救室没多大会儿。"嫂子说。

"真不好意思见人啊。"这是母亲见到我的第一句话。

"没有生命危险比什么都好，比什么都强。"

心中的石头顿时落地。

"我起初觉得自己肯定没救了，全身淋透，抖个不停，到医院后也抖了好久。"母亲仿佛用尽所有的力气说道。

"好啦好啦，我来解释。"嫂子插进话来。

原来，父母和嫂子打算一起吃晚饭。母亲像往常一样用油锅炸了猪排，可是炸完后无意间碰到了锅把，锅里的热油一下子浇到了脚上，急忙之中想把锅挪回燃气灶上时，没想到手里握着的锅摇晃了一下，锅里的热油顺势淋到了脸上。母亲说："真是想也没想到。"

"我当时就在旁边洗碗，简直是眨眼间的功夫，当我反应过来时，妈已经满身是油倒在地上了。我赶紧扶着妈去浴室不停地往脸上冲水，直到救护车赶到家里来。妈说脚不要紧，我就一个劲儿往脸上冲水。裤子是决不能脱的，不然连皮肤都会剥掉。你看，我在公司受到的训练派上用场了吧。妈全身都淋透了，不冷才怪呢。"

"我以为会抖到死呢。"母亲疼得咧着嘴。

"我明明就在妈身旁，可没想到会发生这种事……"

"多亏嫂子在妈身边照应着，否则后果不堪设想。"

"可不是？要不是敏子在，还不知道怎么样呢。我根本没想过要叫救护车。"

"刚才问了医生，说是没有生命危险，多少松了口气。不过烫伤面积占身体表面积的百分之七，"嫂子继续说道，"烫伤百分之二十五以上才有致命危险，还好不是重伤。但毕竟上了年纪，保险起见，说是得住两三天院观察一下。脸部需要十天才能治好，脚部的伤更严重些。"嫂子指了指被绑带层层缠裹着的右脚。

"没什么，腿脚有裤子遮着，再说这个年纪，留个伤疤也不要紧。就是这张脸，哎，担心啊……"母亲说。

"哪有，就额头几处黑了些嘛。要不要照照镜子？"我说。

"算了，不敢看……"

"果然不假，女人不管到多少岁都很重视脸蛋儿。"嫂子笑道。

"止痛剂可能起效了，感觉不到哪儿疼了。"母亲说。

"我明明就在妈身旁，可……"嫂子刚说了一句和方才一样的话，我便再次回道："多亏嫂子在，才没有发展到严重地步。"然后，几乎同时和母亲一齐感叹道：

"真是不幸中的万幸啊！"

三人不约而同地笑了起来。

"现在医院应该正在给我准备病房，好像都过晚饭点了。不好意思，能麻烦你帮我买个饭团回来吗？"母亲说道。

"当然没问题。不要说饭团，别的也能给您买回来。其他需要什么？"

"嗯，还有瓶装茶。不好意思，你能先帮我垫一下钱吗？"

"这个时候，您就别操心钱的问题了。我去去就回。"

向看门人员问了最近的便利店位置后，我便急忙出去了。在荧光灯亮得晃眼的便利店里，两个穿着短裤和T恤的年轻人正站在书架前阅读周刊杂志。我从他们身后走过，把饭团、三明治、果冻、乌龙茶、矿泉水依次顺手放进了购物篮里。啊，对了，还有毛巾、刷牙套装、湿巾、香皂、内衣等。

说起来，像这样慌里慌张在便利店买东西的事情之前也发生过。一年前，父亲因肠扭转突然住进了关西电力医院。那时，母亲打来电话："你爸肚子疼，医生看过后就立马住了院。"迅速赶到医院后，母亲便拜托我去买东西，我便在难波筋拐角的便利店里匆匆买了毛巾、纸巾等。那次父亲好像住了十天院，出院时还坐着轮椅。我当时也在旁边跟着，还第一次乘坐了介护专用出租车。

"这车子真方便！这样你爸就能和我们一起去旅行了。以前大家一起去的那家三方五湖旅馆还记得吗？那儿的鱼真是太好吃了。好想再去一次。"母亲莫名地欢腾着。

我一边回忆，一边快步穿过昏暗的道路折回了医院。刚才出门时在医院正门口弓着背吸烟的中年男子还在，彼此点头示意。

母亲被安排到四楼的病房。

病房是四人间，门口的名牌上写着三位男病号的名字。第一次踏进急救室的我，看到病房不分男女时，着实吃了一惊。

"喂，小子！之前给你打过电话吧？"一个男子的声音突然响起，震得整个房间微微发颤，是从窗帘后面的邻床传来的。

"就拿这种报告书来打发我，你以为能蒙混过去吗？"

"别给我甜言蜜语！"

"赶紧给我改！"

简直是大发雷霆。

"听说那个人原来是保险公司的大人物，头被撞到后变得有点奇怪……"嫂子悄声耳语道。

"别动气，别动气。"听到声音的护士赶过来宽慰邻床的男子。

母亲瞬间一脸沮丧。"我今晚要一个人待在这里，竟还是在这种人旁边，真是……"担惊受怕的心思一打眼就能看出来。

"林子大鸟儿也多。就算嘴上说不介意，但还是会担心。不过万一有什么情况，护士就会赶过来，这样想就比较安心了，只能这样安慰自己了。"

"是啊。"

"吃饭团吗？"我将三个饭团、鸡蛋三明治还有瓶装茶从便利店的袋子里拿了出来。

"买一个就行了，这么多哪儿能吃得完？你带回去吃吧。"

"半夜可能会肚子饿啊！"

看着母亲一脸苦笑，我在心里止不住一万次地想："谢谢老天爷，还好没什么大碍。"

"这是妈打生下来第一次住院呢。"

母亲生大哥和我的时候，都是产婆接生的，连生孩子入院的经验都没有。很久之前，远房亲戚中的一位阿姨病重时，我和母亲曾去医院探望，记得当时在回去的路上我俩有过这么一段对话。

"说这话虽然不吉利，但我要是上了年纪，绝对不住院，一下子死掉最好。"

"可是万一住院了，大家都会去看望您，慢悠悠地聊聊天，不也很好吗？"

"别说这种不吉利的话！不过也有道理呢。"

两个人一起笑了起来。

"像妈这种年纪的人，生一两次病住一两回院也很正常。是妈一直太有精神了，嫂子说是不是？"

"可不是嘛！"

嫂子和我都努力说些开心明朗的话。

母亲像是受了感染似的恢复了些气力，故作强势地说道："那可不！医生看到病历上的年龄就认为是上了年纪，真是的，没一点礼貌！”

“我现在还能开车、打高尔夫、戴耳环，工作也照样不误呢！”这种骄傲不言而喻。

“刚才医生交代，毕竟上岁数了，得小心瘫卧在床的风险。我敢打保票，妈身子骨硬朗着呢，根本不可能。”嫂子说。

“我也能担保。”我笑了起来。

母亲接着说道：“我有点担心你爸。明天一早给介护中心打个电话，看看能不能请个介护员过来？晚上就只能麻烦你俩看着办了。”

“好，好。您就放宽心把爸交给我们吧。半夜里要是疼的话别硬撑着，按铃把护士叫来，千万别逞强啊。”

正聊着时，南森町的小舅（母亲的小弟弟）上气不接下气地赶到了。

“没什么大碍嘛！”小舅像是很放心地说道。

小舅舅比母亲小15岁，才64岁。网球比赛结束后便去参加酒会了，正喝到兴头上时，突然接到嫂子的电话，酒劲儿一下子全消了。“还以为发生了不得了的事，赶紧跳进出租车赶了过来。原来没什么，那就好，那就好！”小舅一口气把话说完，酒精的刺鼻味道在病房里蔓延开来。

“哦，对了，应幸没准儿正往这里赶呢！”嫂子说。

应幸是母亲大弟弟的长子，也就是我表弟，只比我小6

岁。母亲、应幸的父亲和赶来的小舅是姐弟仨，不过应幸的父亲已经去世了。在我读中学三年级的时候，应幸的父亲一直经营得很不错的制铁厂破产倒闭，之后一切都不顺当，离了婚，工作和住所也总没有定数。应幸和妹妹琉美在各自升入中学时便被我父母领了过来，直到他们长大独立。

"跟应幸说不用来了。"母亲说道。应幸住在京都府南部的学研新区，再快也得花一个小时。我走到楼梯口，拨通了电话。

"在哪儿呢？"

"正要往第二阪奈赶，快到生驹隧道了。"

"这边还好没什么大状况。炸天妇罗的热油浇到了身上，全身百分之七面积有烫伤，没有生命危险。今天也很晚了，就别过来了。大概会住个两三天院，到时你再来看一眼就行了。"

"但我还是担心……"

"没事没事，我们也正要回去呢。"

"这样啊，那好吧。明天得早点上班，那我就不过去了。明天实在是去不成，等后天一早我就去医院，麻烦跟姑姑说一声。"

"好，我会转达的，别太担心啊，没事的。"

结果成了是我不让应幸来探望。

正要离开病房时，母亲又嘱托道："跟你爸说，不是什么大事。要是让他知道了，可不急疯了才行。"显然是在担心父亲。

"您就放心吧！"嫂子和我笑着低声回答。

嫂子、小舅坐着我的甲壳虫一起回到南堀江的公寓时，夜已经深了。父亲依旧保持着我来拿医保卡时的姿势，半坐在沙发上。恭子坐在餐桌旁的椅子上。

"怎么样？"恭子见到我们后立马站了起来。

"医生说没什么生命危险，就是缠了几层绷带，看着有点可怜，但好歹能正常说话，两三天就能出院。"

"那真是不幸中的万幸啊！"父亲的反应和我与母亲在医院里一模一样。

"外公担心得坐立不安，洗手间就去了一次，打开电视也是不停地换频道。可还不忘操心我的事，问了我好几遍有没有吃饭。"恭子向我一一汇报了过去三个小时里的情况。

"那你吃晚饭了吗？"

"哪能吃得下去呀，担心得不行。外公也什么还都没吃。"

母亲住院期间，谁来照看父亲呢？总之，明天和后天先请介护员过来。嫂子便给介护中心负责人的手机留了言。

小舅一边嚷着"太好了，太好了"，一边咕嘟咕嘟地喝起了啤酒。我们则狼吞虎咽地吃着母亲做好的炸猪排和牛油果沙拉。母亲做的牛油果沙拉，一定少不了放虾米。父亲也好像安下了一颗心，吃了不少，还喝了啤酒。

"味道不错啊！"

"可不是，这猪排真好吃，妈用的可是上等肉。"

"这会儿妈应该在吃凉饭团吧，真是过意不去……"

那天晚上，嫂子留在公寓里过夜，我将小舅舅送回南森町后，和恭子一起回到家时已过半夜两点。

在病房里

一大清早，我就给人权团体网络杂志的责任编辑发了封邮件，将母亲烫伤住院的经过解释了一下，希望能够再宽限些时间。本来是今天截稿，可昨晚才写到一半。如果是纸媒，肯定不允许拖延，还好是网络杂志，晚点儿也没关系。

"特殊情况，可以理解。"责任编辑马上回了信，我顿时松了一口气。

可是，其他的工作依旧堆积如山。

上午必须得去尼崎的寺院为旅游杂志作采访，我采访了住持后，又请他带我参观了一番寺院，好歹一切进展顺利。下午去了福岛区的编辑发行部，商定了即将出版的新书《关西近旅》的最终校对情况，结果比想象中还要费时间。

就在奔波各处的途中，我收到了好几条短信，分别是上午去过医院的嫂子以及下午从三重赶过来的表妹琉美发来的。

嫂子说："睡衣和内衣都送到了。""妈很有精神。"

琉美说："这会儿到医院了。""买了《笃姬》的书。""姑姑正在照镜子呢，还说'真是丑啊'（笑）。""姑姑好像很中意那套筷勺。"等等。好像现场直播。

之后，琉美发了好几次短信问我事情办完了没有，还有其他的内容："洗过澡后好像很难受。""这会儿护士来了。""终于没刚才那么难受了。"……最后一条短信的发送时间显示是下午五点半："本来想着能见一面，看来要错过了。时间差不多了，我这就回去了。"

6点半，我终于赶到了医院。

"抱歉，我来晚了……"

"不要紧啦。"

母亲看起来气色不错。

"你饿了吧？要不要紧？"

"其实我早午饭都没顾得上吃，早就饿得前胸贴后背了，刚才在车站前的餐馆里简单吃了些炒面，所以才来得有点晚，不好意思。"

"没关系没关系。中午护士帮我洗了澡。不愧是护士，手法真是熟练啊，让我很感动，心情好多了！"

"那很好啊。身体怎么样？"

"洗完澡后有点喘不过来气。"

"琉美刚才因为担心这个还给我发短信来着。"

"现在好了点儿。"

"真的没事？难受的时候跟护士说了吗？"

"嗯，琉美帮我去问了护士，护士也来看过了，应该没问题。"

"那就好。昨天不是说了吗？硬撑着可不行。"

"明白明白！"

"真明白？让人担心啊。这会儿看起来也好像很难受。"

"刚刚换脚上的纱布时动着了，突然有点疼，现在好多了……看，琉美给我买了睡衣。"

母亲从被子里伸出胳膊来，原来是白底印着蓝色绣球花的睡衣。

"咦，挺漂亮的！不愧是琉美，眼光不错。"

"而且啊，这件原来六千日元的睡衣搞半价后又砍了一千，只花两千日元就买到了。那孩子很会买东西，真厉害。从三重来这里路费是多少？跟她说，以后姑姑我送她购物券。"

母亲从不吝啬送东西给别人，就像是嗜好一样。尤其喜欢囤购物券，好一点点送人。那天我穿的驼色低跟浅口皮鞋，就是用去年过生日时母亲送的购物券买的。

"听琉美说附近有一条热闹的商业街。这孩子曾在这里上过专门学校，挺熟悉的。走之前还对我说，等姑姑您能走路了，我们一起去逛逛，改天再来看您。"

"琉美来这里得花三个小时呢。"

"她说今天赶上店里休息就来了，但明天有花艺课，不得不回去。那孩子还挺能干。"

"可不是，花艺课的老师呢！"

"这会儿应该在近铁特急电车上吧。"

聊了一阵子琉美后，母亲突然转了话题，有点客气般地说道："医院里的饭菜吃不大习惯，你能帮我买点寿司之类的回来吗？"

"OK！"

我便出去找寿司店，最后在车站旁边发现了一处，像是家老店，就点了一份上等的寿司。

就在我等寿司的时候，母亲打来了电话。"医生来了。还没回来？"然后压低声音说道，"说要和家属谈话呢，我跟医生说你待会儿就回来。"

"好，我还在店里，马上回去。还有啊，在病房里不能打电话，之前不是交代过吗？打电话可能会影响别人治疗的。"我回复得一点也不客气。

回到医院后，主治医生马上就来了。这是我和医生初次见面。对方三十多岁，面容清秀，沉着稳重，个子挺拔。我暗自庆幸医生看起来不算严厉。

"昨天也已经说明过了，烫伤占整体面积的百分之七，虽然不算轻，还好威胁不到性命……"

"胸部只是发红，脸部和膝盖以下都起了水疱，不过不用担心。但是大腿处烫到了真皮部位，有点严重……"

医生将电脑放在床边，指着画面上显示的大腿部位照片，逐一向我们解释道。

"止疼药可能起效了，不疼吧？"

"嗯嗯，一点都不疼。"母亲说。

"虽说不一定得住院，但是毕竟上了年纪，要多加注意。后天5月2号，应该就可以出院了。"

"就是说，再住今晚和明晚两晚就能出院吗？"

当我向医生确认时，母亲露出一副八分担心两分安心的表情。

"4号能麻烦来趟医院更换绷带吗？"

"嗯，当然没问题。"我回答道。

"等黄金周过后再检查一次，说不定要对大腿上的一部分皮肤做移植手术。不过这得先看看实际情况才能决定。"

"医生，请问移植手术必须得做吗？留疤也没关系的。"

母亲的声音虽薄如蚊蚋，但是不愿做手术的强烈意愿表露无遗。

"我理解您的心情，可是有点担心感染。我们推荐做手术，是因为那样的话恢复比较快。在这里做也行，不过港区船员医院在这方面比较专业，在那里做也不要紧。我可以写介绍信过去。"

听到"船员"二字，我脑海里就闪出了大型船只上被重机械砸中而命悬一线的男人们被送往野战医院的幼稚画面，更别说胆小的母亲了。我偷偷看了一眼母亲，明显快要哭出来了。

"关电医院可以吗？"我赶紧解释道，"是这样的，我母亲生下来第一次住院，即便医院各方面条件再好也不太习惯。要是我们家比较熟悉的关电医院……"我试探着问了问母亲，"害怕去陌生医院吗？"

"不，可不能这样说……"母亲看着医生细声说道。

"不好意思，我手头没有资料，不太清楚关电医院是否擅长这方面的手术。但据说船员医院是专门做皮肤移植的，病例丰富，相对让人放心。还有，从您家里到船员医院比到这里还要近。"

"妈，那要不就去专门医院吧，医生都这样说了。"我说道。

母亲用力地点了点头，却小声地回道："好。"

"不过要看伤势恢复情况，说不定可以不用做手术。"医生显然察觉出了母亲的心思，望着她说道，"我会好好诊治的，您就安心在这里待上两天。"

"真是贴心的好医生啊！"我强烈地感觉到。

医生离开之后，母亲执拗地说道："凭我的感觉，不用做手术就能痊愈。"

"为什么？"

"就是这么感觉而已。"

"就是这么感觉？"

"就是这么感觉。"

"好好……只用再住两晚，好好听医生的话。"

"嗯。"

"这是刚才在看似有些年头的寿司店买的，上等手握寿司。"我打开了寿司盒。

母亲拿了一块金枪鱼寿司，慢慢地嚼着。

"难得你跑一趟，不过好像不怎么好吃，吃不下去。"

"多少吃点吧，不然夜里肚子会饿的。"

"那就再吃一个吧。"母亲说着，又取了一块鲫鱼寿司，不过只吃了上面的鱼肉，下面的饭团没有动。

"剩下的带回家吧！"母亲放下筷子，"对不住，我想躺会儿。"

陪母亲聊天

母亲躺下后，开始聊起天来。

"当初要是一直待在奈良做和服，我应该看起来会更优雅些吧？"

"突然说什么呢？我不是说过，换话题时最好先说个'对了''话说'之类的提示一下嘛。"我笑着说。

"好像说过。对了（笑），我觉得去诊所是去对了，我蛮开心的。"母亲也笑了起来。

"瞧您这话，是在担心诊所吧？您就放一百个心吧，有太田照应着，肯定没问题。早上我给他打电话时，太田很是吃惊，还说要来探望呢！"

太田是在诊所工作了二十五年的牙科助手。

"不行不行。我可不愿意让太田看到我这副模样。"

"就猜您会这么说。我已经告诉他了，等出院以后，请他来家里坐坐。"

"让你费心了。你爸现在怎么样？"

"有介护员来家里照应着，您就别操闲心了。要不明天我陪爸来看看您？"

"那可了不得。你爸是牙医，让他来这种地方肯定受不了。你就装作轻松地跟他说一声，我并不要紧。"

"说得也是。"

"对了，你爸在大东市民医院住院时的表情可臭了呢！"

那是四十年前的事了。当时父亲开车送大哥去北千里（吹田市）参加私立高中的考试，从奈良老家出发后，途中在十字路口等着往右转时，竟被从前方开过来的一辆卡车撞到了。大哥安然无恙，父亲却碰断了肋骨，在大东市立市民医院住了好几周。那时正值我小学四年级结束后的春假，母亲和我赶到医院时，父亲正好从放射室出来，裸露着的上半身披着一件焦茶色的西服外套，脸上露出一副我从未见过的悲壮表情。我清清楚楚地记得，母亲当时紧紧地攥住了我的手。

毫发无伤的大哥从事故现场直接打车去参加了考试，并顺利被那所高中录取。父亲的伤没那么严重，但母亲还是陪着住了几天院。父母都不在家，我的春假莫名过得自在又快活。好几次大哥带着我去医院时，母亲都将父亲的朋友来探望时送的高级哈密瓜切开，大家吃得很开心。我记得父亲一脸不痛快地坐在床上，母亲说："你爸情绪很低落，就吃了一点。"

"看看，又来了，提往事前先说个'以前'行不行？"

"反正都是医院的事，想着不说你也能明白。"

"好好……"

两人扑哧一声相对而笑，母亲又继续聊了起来。这次是有关大哥。

"祥没有继承你爸的衣钵也蛮好。"话题依旧唐突，"那孩子要是成了医生，就他那个性格，不合并几家医疗法人弄出点大动静可不行，合并、失败、破产，肯定是这样。瞧瞧，这年头有不少诊所因为经营不善都倒闭了。他去美国发展看来是选对了路。虽然不清楚他生意做得怎么样，但应该属于大器晚成，前途无量啊！"

"啊？大器晚成？亏您护着他，都这会儿了还好意思这么说。"我应道。

"对了，启的对象是东京大学毕业的，我跟你说过没？不仅学历高，长得也标致。我看过相片呢。"

"什么叫'不仅学历高'嘛？"

"就是嘛。"

前天惹两人闹不快的家谱，此刻彼此都心照不宣地只字未提。

"祥去天主教幼儿园参观游泳池时，脸被水打湿后，马上对着我说：'妈，手帕！'"

"他还模仿过超人，脖子上系着床单要从二楼飞下来，被我死命拉住了。"

"你在幼儿园文艺会上扮演拇指姑娘的时候，因为不太中意扮演王子的小伙伴给你戴的帽子，让人家给你重戴了好几次，我当时都捏了一把汗。"

"你升奈良女子大学附属小学时，最后一个名额正好选了你。从那时起，你的运气就很好。"

就这样，母亲从很久之前大哥和我小时候的话题说起，然后又聊到一家人的事情。

"你大哥出去玩时，你总是很灵敏地跳上你大哥的自行车后座，央求他带你一起去玩。"

"您提那些陈芝麻烂谷子的事儿有什么用呢？顶多感叹一句：哦，有这回事啊。"

"那就说说你俩十多岁时候的事吧。"母亲虽然没有明言，可我已经读懂了她的表情。她又继续聊道："有一次中午看完前田武彦的午间剧后，祥带着足球，你拿着网球拍一起去了公园，没想到下起了大雨。"

提起下大雨的事，我朦胧有点印象。那时我上初一，大哥读高三，正好是暑假，那场大雨来得很突然，我们躲在一棵大楠树下避雨时，网球拍的网线不小心被淋湿，变得破破烂烂的。我当时进的是软式网球部，很爱惜自己的网球拍，伤心地哭了起来。母亲教训我："就为那点儿小事哭鼻子有什么用，修修就好了。"母亲平时很少这样说，所以当时我就任性地认为：母亲就只会摆大人的架子。

"你上高中的时候，有一次翘课陪我去大阪南区逛街，回来时在近铁奈良站下车后，你害怕被老师发现，一路都捂着个脸。"母亲说的这些事我早就不记得了。

母亲突然又换了毫不沾边的话题："应幸以前很会照顾家里的金太呢！"金太是老家曾经养过的一条吉娃娃。然后话题又跳了开来："恭子和渚这俩孩子真可爱！"

"我过62岁生日的时候，恭子送给我一个用折纸折了好几层的盒子，手真巧！你爸常说，这孩子不简单，将来是个天才。还有啊，小时候总是将客厅说成各厅，将扫地机说成消地机的渚也眨眼间成大学生了。俩孩子都很了不得啊，时间过得真快！"

随即话题又掉了头："你一定要跟太田说，不用来看我啊。这副模样不好意思见人。"

"好好……"我随声应和道。母亲那个时候精气神很不错。不知道是真有精神，还是故意装出来的，直到现在我也没弄明白。

"我想去趟洗手间。"母亲按下枕头旁边的呼叫铃，小声嘟囔着，"一个人连洗手间都去不了，真是难为情啊。"

护士很热心，马上就过来了，搀扶母亲坐上轮椅后，推着往洗手间走去。

两人离开后，我试着坐在了母亲躺着的病床上。白色的床单上尚留有母亲的体温，床头的桌子上摆着《周刊新潮》，应该也是琉美买的，父母常年都爱读。突然想起来，小时候大哥为了逗母亲开心，经常坐在奈良老家二楼的窗台上，模仿收音机里的广告，喊道："《周刊新潮》明日发售——"

过了好大一会儿，护士才推着母亲回到病房。母亲看起来一下子疲惫了很多，腰都直不起来，上半身耷拉着。

"怎么回事？"

"…………"

"很难受吗？"

"……有点儿……"

护士说："我扶您坐到床上吧！"但母亲自己根本都动不了。这到底是怎么了？

另一个护士赶过来，两个人架着才将母亲从轮椅上移到了床上。母亲就势躺了下来，低声对护士说道："没事了。"

"有什么问题请及时按铃联系。"护士交代完后就离开了。

"有可能是光躺着的原因……已经没事了，你回去吧！"

"可是……"虽然我比较担心，但当时根本没发觉母亲已难受到不能忍受的地步。那时还不到9点。

"赶紧去你爸那里看看。"

"好吧……"

"休息休息就好了。"

前面我提到过，父母四五十岁时从没用过医保卡，觉得有点儿感冒或是疲惫时，常说"休息休息就好了"，实际上确实是好好睡一晚后就恢复了。家里只有健胃药和治疗蚊虫叮咬的软膏。

"好吧，那妈早点儿休息。我说过好几遍了，半夜要是难受就赶紧按铃喊护士过来，本来就是为这才住的院嘛。"

母亲没有回我的话，而是嘱托道："别忘了把寿司带回去。"

"好。"

"有打车费吗？"

都这个时候了，母亲还操心我的钱包。

"有，有，那我走啦。"

走到一楼时，我才发现手机忘在了病房，便折了回去。母亲当时有没有醒着已经记不清楚了。我一眼就看到了落在床尾的手机，只说了声"落东西了"，母亲正背着我躺着，我便只用右手轻轻搭在母亲的右肩上摇晃了一下表示"拜拜"，然后就离开了病房。

那时只是想着"明天再见"，可谁曾料到，这竟成了我一辈子都追悔莫及的事。

那天的父亲

回到公寓时，大概是9点半，父亲还在等着。

那晚父亲的认知症发作，把我吓了一跳。两天前母亲开玩笑说："说不定下次回来时就认不出你来了。"这会儿我才感觉母亲的话好像是认真的。

"妈没什么大问题。"我尽量表现得若无其事，但父亲一脸茫然，没有反应。

"刚才我去医院了，妈精神着呢！"

连着说了两次，父亲似乎仍没有理解，而像是把我当成了介护员，客气地说道："这么晚了，真是辛苦你了。"

母亲每次从诊所回来时，父亲和介护员都在家里等着。"应该快要回来了。""这么晚了，真是辛苦你了。"在他看来，一切还和往常一样。那时我发现，父亲和介护员说话时总是使用敬语。虽然我不大了解认知症，但意外发现父亲并没有失去语言能力时，甚至有点感动。

这是我第二次目睹父亲的症状发作。

第一次是在前年秋天。为了安装心脏起搏器，父亲住进了关电医院，我和恭子、渚一起去医院探望。刚进病房，父亲很高兴地直起身子迎接，显然是认得我们。但当我们准备站起来去谈话室，父亲突然垂头丧气地说道："坏啦！我把包落在中津东洋宾馆的柜子里了，包里装有十万日元呢！"其实当时东洋宾馆已经变成了 Ramada Hotel（后来停业）。

　　这里插一句，后面还会再详述。我在某次工作时了解到，面对患有认知症的人时，不要否定他奇怪的言行举止，而是应该肯定。所以当时我回道："爸，待会儿我去东洋宾馆把您的包取回来。"父亲像是松了一口气："那就好。"然后就像什么也没有发生过似的，快步向谈话室走去。

　　谁知在谈话室时，父亲又指着窗外的 Rihga Royal Hotel 说道："对了，要去那儿的游泳池一趟。"在父亲的脑海中，可能又回到了二十多年前自己还精神抖擞的时候，那家酒店的健身房父亲经常光顾。

　　"爸，祥也去过 Rihga Royal Hotel 的健身房吧？"

　　"祥？"

　　"对，祥。"

　　"哦，您也认识他呀？"父亲瞬间笑容满面。

　　"我们很熟呢！"

　　"啊呀。其实我就是他父亲，他现在住在美国的洛杉矶。"父亲用了平日里不怎么用的客套语气，显然兴致很高。

　　恭子和渚都捂着肚子笑个不停。

　　那时父亲可能也把我当作其他人了。

　　话说回来，父亲这次把我当作了介护员，我并没有那么惊讶，只是默默叹了口气。一是之前有过类似的经验，二是这一两天内事情接连不断发生，早就累得筋疲力尽了，连惊慌失措的力气都没有。换作母亲的话，肯定又会唠唠叨叨地训斥道："你这老头子，又在胡说什么呢？"

　　父亲从沙发上慢悠悠地站起来："不好意思，我先去休息了，失陪。"说完便往卧室走去。说实话，当时父亲没有继续和我"聊天"，我真是松了口气。

　　要不要提醒父亲换睡衣呢？可一想到我可能要亲自帮他换时，最后还是觉得太麻烦便放弃了。过了一会儿，我去卧室时，发现父亲和衣躺在床罩上打鼾，身上穿着刚才的那身夹克套POLO衫的家居服。

　　我将旁边空着的母亲床上的被子拉了过来，轻轻地盖在父亲身上，心里默默念道："对不起啊，爸。"

　　11点左右，从公司才下班的嫂子也来到公寓，两人一起吃了在公寓旁边的关西超市买的中华冷面，还有从医院带回来的寿司。

　　"哎？什么？我早上已经把妈的睡衣送过去了呀。"

　　我跟嫂子说了母亲很满意琉美买的新睡衣的事后，嫂子一脸不解。

"可能就是想穿新睡衣吧。"

"昨天我和妈一起去上本町近铁（百货商场）买东西，她跟我说想买件新睡衣，我说家里有好几件，买了多浪费啊，就没买。"

"哦……在商场买睡衣是有点奢侈。"

"那时妈虽然说'说不定什么时候就用得上呢'，但最后自己也放弃了。早知道这样，我买给她就是了。妈跟我总是客气。"

"客气？没有啦，妈最后不还是得到新睡衣了吗？"

"妈出院后肯定坐不住，到时可别让她做太多家务。"

就这样，两人一边聊着天，一边喝着啤酒，还有兑了水的老伯威。冰箱里放着母亲买回来的罐装啤酒，还有泡菜、蜂斗菜拌木鱼节、山椒煮沙丁鱼等常备小菜。餐架上的老伯威瓶子后面有一个蓝罐子，里面装的花生有些犯潮。"妈把花生当作宝贝了，藏这么严实。"我和嫂子开着玩笑，毫不客气地将这些东西取出来，吃得很香。那天依旧和往常一样，感觉老家还在。

当晚我就在客厅打地铺，这是我第一次在父母的公寓过夜。

重症监护室

次日5月1日早上7点15分，仍在睡梦中的我被突然响起的手机铃声惊醒。

"医院刚才来电话说妈的状况有变，让我们赶快过去。"嫂子一口气说完。

"出什么事了？"

"我也不知道。就只说状况有变，让我们立刻过去。"

"那只能先去了。"

"现在就能出门吗？"

"嗯。"

父亲还在睡着，我没有吵醒他，轻手轻脚地出了门。7点30分，和嫂子在停车场会合。母亲的车上贴着橘黄两色的老年人驾驶标志，引擎发动后，磁带里自动传出来一阵女声："Lesson 5. How have you been? I am being fine..."

"妈还在车里听英语会话磁带呢。"

"是啊，只是一直停留在How have you been而已。"

嫂子没有笑，我也没有笑。好大一阵子，两个人都沉默无语。

沿千日前通往东驶去。时间还早，交通并不拥堵，空出租车很多。在日本桥的交叉路口等绿灯时，嫂子打破了静寂。

"难不成是病危？"

"别说傻话。"

"我也觉得不可能。"

"昨晚不是还很正常吗？"我刚一说出口，立马补上了一句，"不过我回去前，妈说有点难受。"继而又摇了摇头，"明天不就出院了吗？"

"但是，状况有变到底是什么意思啊？"嫂子一脸严峻。

"现在什么也别多想。"我刚这样回应后，突然想到昨晚母亲冷不丁地将自己的人生、家人都追忆了一遍，也不免有点担心起来。话题无所不包，就像是对自己这辈子的总结。然而，我没把这些告诉嫂子。

"昨天早上妈坐在病床上，还说不要紧来着。"嫂子说道。

"是啊，晚上也聊得很起劲呢。"我附和道。

7点50分，抵达K医院。来不及等电梯，直接从楼梯飞奔上了三楼。护士前台正对着楼梯。

"我们是大内家属。"

看到我们的瞬间，三名护士相互看了一眼。

"早上大内太太上洗手间时感到身体不适，我们赶紧用轮椅将她推回房间，那时她就失去意识了。"

"失去意识？到底怎么回事？"

"请您二位马上去重症监护室。"

没有办法，只好听从护士的吩咐，戴上透明头罩，双手消过毒后，便走进了重症监护室。房间比想象中的要大很多，两列床摆在里面，患者们一动不动地躺在上面。我一下子就看到了左前方的一张病床被数名医生和护士围得密不透风。从外面进入安静得连针掉在地上也能听到的重症监护室，眼前的场景似乎充满杀气，心中顿生不安："难道……"病床上躺着的正是母亲，可已经完全变了模样，让人无法相信自己的眼睛。

昨晚见到的主治医生像是压在母亲身上一样，反复做着心脏按压，用力猛到仿佛能把肋骨折断。两个中年医生和护士则在一旁目不转睛地盯着，时不时瞥一眼旁边的医用显示器上闪动着的数字。母亲的脸明显变了形，嘴里插着一根粗管，我根本不知道是怎么回事。一个念头闪入我的脑海：简直像是电视剧里的画面……

嫂子跑到母亲的枕头边俯下身子，扯着嗓门喊道："妈，您要挺住啊！挺住！"我吓得一动也不动，只是呆呆地站在那儿。嫂子扭过头来冲我喊道："你也赶紧说句话啊！"

"妈挺住，妈挺住！"

一时找不出其他的话。

就这样连续喊了几声。一边喊，一边止不住胡思乱想：

母亲早已不在了。那一瞬间是漫长还是短暂，记忆早已模糊不清。中途，做心脏按压的医生换了其他人，但按压的方法和力度照旧。我忽然想起，孩子上小学时，我曾参加过家长教师会，在担当暑假游泳值班人员前参加过讲座，讲座上学到的心脏按压力度足够强劲。此时母亲接受的按压用力如此猛烈，如果把肋骨压断的话就更可怜了。

"求求你们赶紧住手吧！"我在心里无声地祈祷着。

过了一会儿，医生们相互交换了一下眼色，好像是说"就到这里吧"。正在做心脏按压的医生终于停了下来。

昨天见到的医生说道："本来想靠心脏按压和药物让病人苏醒过来的，现在看来有点儿难。"

"什么叫有点儿难？你不能那么简单就……到底是怎么回事？"嫂子狠狠地盯着医生说道。

医生没有理会嫂子的质询，反问道："不检查的话，就无法确定治疗方针。您同意做检查吗？"

"怎么检查？"嫂子回道。

"从腹股沟插入导管，安装人工呼吸器。"

"不这么做的话会怎样？"

"那就弄不清原因了。"

"弄不清原因？"我回道。

"找到原因的话，就有救吗？"嫂子一副诘问的口气。

"查清楚原因的话，就能制订治疗计划。"中年医生回答道。

我的脑海中顿时闪现这样一幅画面：在悄无人迹的学校里，教室黑板上用粉笔写着大大的"治疗"二字，其中"治疗"的"治"字格外醒目。

"那就听您的。"我回答道，然后在检查说明兼同意书、输血同意书、关于血浆置换使用同意书上签了字。

母亲接受检查时，我和嫂子就坐在走廊的沙发上等着。

"说什么倒在洗手间里……这里不是医院吗？倒下来就应该赶紧抢救啊！我们是为了什么才住院的？从接到电话到刚才，这三四十分钟内一直在做心脏按压。为什么？为什么只做心脏按压呢？"

嫂子情绪激愤："很奇怪啊，很奇怪！"重复了几遍后，又猛地站了起来："我这就去给你大哥和启打电话。"我也走到楼梯平台处，依次拨了恭子、渚、小舅舅、表弟妹，还有前夫的电话。不可思议的是，所有人都立即接通了。

"突然说可能会感到惊讶，但请耐心听我说。"

身体炙如火烤，我竟然能冷静应对。

"我妈现在病危。"

"啊？！"

"我不信！"

大家的反应不约而同，然后就没多问，都马上回道："现在就过去！"

我记得当时渚不知道K医院的位置，还给他交代了路线："从环状线桃谷站打车来。"

原因是？

"原因已经查清了。"一小时左右后，医生向我们解释"由于患者长时间以同一姿势躺在床上，导致了类似经济舱症候群的症状，手脚形成了血栓，一旦活动身体，像起身去洗手间时，血栓就跑进了肺里，造成氧气吸收能力下降，引发了肺动脉血栓栓塞症。现在患者无法自主呼吸，只能依靠人工呼吸器维持生命……"

医生的说明既详细又明确，但我能听得懂的只有"谁也不能预料""我们已经尽全力了""情况很严重""恢复的概率无法99.999%保证"，还有"如果摘掉人工呼吸器，心脏马上停止跳动""请家属做判断"等零碎的话语。

刚刚在重症监护室里看到母亲的那副模样时，就已经不抱能治好的希望了。然而当听到医生的结论时，仍觉如晴天霹雳。

我盯着主治医生的黑眼圈暗想："就这样吧。"既然连

0.001%的恢复希望都没有，再继续让母亲承受那种痛苦的话，母亲就太可怜了。

可是，嫂子却像失去了理智："即便这个样子，我也想让妈继续活着。"她泪眼模糊地说道，"至少等到启回来再见上一面。"

"我大哥呢？"

"他说回不来，所以起码要让妈撑到启回来。"

"回不来？什么意思？"

嫂子没有回我的话，而是谈起启回国的机票，虽然已经尽力调换航班，但偏偏这个时候满员，只能等待座位空出来。

在医生们的面前，我和嫂子起了争执。

"明明都没有恢复的希望，还说什么让妈活下去、延命之类的。妈醒着的话，肯定也不愿看到自己那副模样。"

"才不是！这和恢复的可能性是零不是一回事。没有99.999%的希望，就是说还有百分之零点零零几的可能。"

"妈那个样子太可怜了！"

"不会的。妈现在最想见的人就是启，哪怕只是见上一面。"

"以妈现在那个状态，恐怕她根本不想让启看到。太痛心了。"

"所以呢？难道你的意思是已经没救了，干脆放弃？那样妈才会更可怜。"

"再怎么说你也不明白……"

"短短一天时间就变成这个状况，你不觉得很难让人接受吗？"

"是很难接受，但这是现实啊。"

"我想让妈多活一会儿，想多陪陪她。"

"妈那副样子根本就不是活着的状态啊。请冷静一下吧……"

嫂子在外企航空公司工作了三十六年，应该是头脑聪慧的现实主义者，说得更重些，明明不是文学性或感性的人，却这么不可理喻……

"嫂子觉着妈想以这副模样活下去吗？"

"那，你是不是认为妈都不想活了？"

"我觉得……妈应该是这样想的。"

可最终，我选择了屈服，因为我没有破坏我和嫂子之间感情的勇气。

嫂子和父母的往来比我要频繁得多，在这一点上我自愧不如。可我好歹是父母的亲生女儿，很希望嫂子能优先考虑一下我的心情。话已冲到喉咙口，但还是拼命咽了回去。"如果说出来，一切就都完了。"我心里想。何况，嫂子刚才说"我想让妈多活一会儿，想多陪陪她"，这句话更是堵在胸口，让人心痛。

　　我向主治医生问道："现在我母亲能感到疼痛、难受、痛苦吗？还是说感觉不到？"

　　"应该感觉不到……"

　　"插了这么多管子，也不知道疼吗？"

　　"抱歉，因为脑部功能已经停止了。"

　　"嘴里插的粗管子也感觉不到吗？"

　　"插管时，您母亲早已没有意识了。不过，有些人即便失去意识，在插管时还是会皱眉头，多少会感觉不舒服吧。"

　　那到底还是疼啊……

　　"完全不指望能恢复了吗？"

　　"很难说。即使服药，内脏还是会持续衰弱下去的。现在已经使用了溶解血栓的药物，会产生一些副作用。"

　　"我母亲能坚持多久呢？"

　　"这个说不准。能挺几个月的病例不是没有，大多数情况最长也就五天或一周吧……"

　　"五天或一周？"嫂子听到后，立刻对着医生滔滔不绝起来，"我儿子在美国华盛顿，也是一名医生。他是我妈最疼爱的孙子。我在美国西北航空公司上班，想要弄到回国的机票很容易，可今天的航班因为满员没等到空位，但最迟明天傍晚就能让他赶回来。能坚持五天或者一周的话，应该来得及。"

　　医生没有回话。嫂子口中的"最疼爱的孙子"让我听着有点不舒服。要理论的话，母亲"最疼爱的孙子"应该有三个人吧。我心里暗想："不要乱给别人定优劣。"但到底还是输给了嫂子激动的语气。

"……好吧……"我一边向嫂子说道，一边在心里默默道歉，"妈，实在对不住，委屈您了。"

就这样，母亲暂时延命。

我和嫂子一起走出医院。晴空万里。五月的阳光照耀着大地。在杜鹃花盛开的假山前，嫂子给大哥打电话时的模样似乎遥不可及。

"你大哥说实在赶不回来，让你接电话。"嫂子把手机递给我。

"哥，究竟怎么回事呀？"

"现在，真的是现在，马上就能拿到绿卡了。如果是夏威夷，我马上就能赶过去。可一旦出国的话，就拿不到了。"

"你听我说，妈目前的状态你知不知道？病危！病危！你明白是什么意思吗？"

"我明白。"

"妈就要死了！"

"我知道。"

"你都明白都知道，可还是非要认为绿卡比妈重要吗？"

"我就知道跟你说你也不会明白。在这边有没有绿卡差别很大的。"

"之前没有不也混到现在了吗？你去美国都多少年了？二十多年吧，没有绿卡不照样能生活吗？"

"不一样。工作上完全不一样，现在正是拿绿卡的关键时期。"

"你究竟在干什么大事业呢？真是不可理喻！"

"跟你说你也不会明白。"

大哥总是用这一句话来回我。二十多年前，我就问过他："为什么要去美国呢？"十年前我也问他："为什么经手的东西总是换来换去的？"但每次他都是拿"跟你说你也不会明白"一类的话来敷衍我。

"你不要这么无情好不好？哥，妈现在病危！马上就不行了！"

"我理解，但眼下确实回不去！"

"你不觉得妈很可怜吗？从小到大你知不知道妈有多疼你，妈在等着你回来呢！你知道吗？说什么回不来，你不觉得很荒唐吗？"

"我知道你一定会认为我的理由很荒唐，但不管你怎么说，目前真的是回不去。我也想回，但没办法。再怎么说也无济于事，你明白了吧？"

"我不明白！你跟办绿卡的工作人员解释清楚情况，看能不能通融一下？"

"现实来看，不可能。"

"什么不可能？是哥你根本没这个想法吧。和你理论的这会儿，妈还是意识不清，死只是早晚的事啊！"

我冲着电话那端的大哥大发脾气，没有丝毫顾忌和客气，脑海中却闪出了很久以前的事。

几十年前，大哥放弃了齿科大学的升学考试，进了另一所大学的经济学部。大学一年级的夏天，他去夏威夷考了小型飞机的操作驾驶证，这就为后来移居美国埋下了伏线。费用当然是父母出的。那时，母亲把在家做了好多年的和服裁缝攒下来的一百万日元全都从邮局取了出来，偷偷地送给了大哥，当作他在美国的零用钱，还说"要跟你爸保密"。当初母亲要是不这么做，说不定也走不到今天这个地步了。母亲到底是种下的什么孽啊？

"现在还不敢跟爸讲。这么残酷的事，你觉得我和嫂子两个人能好直接告诉爸吗？将来不管发生什么，也要让我和嫂子全部负责到底吗？"

"难为你了。"

"就说句难为了就完了吗？看不起哥，简直不可理喻！"

大哥在洛杉矶经营一家小公司，专门向日本的兽医贩卖美国生产的药品。既不是受雇于美企，也不是持有什么资格的工作，所以要评价个人对美国这个国家的贡献度很难，想取得永住权并非那么容易。而没有永住权的话，就很难获得金融机构、商业客户的信赖。另外，能不能取得永住权还要看时机，具有不可抗力。这些关于绿卡的关键说明，大哥当时都没有跟我讲，他可能认为跟我解释也是白搭。那时的自己，满脑子只有愤怒。

延命

　　下午，女儿恭子、儿子渚、前夫，还有住在三重和京都的表弟妹两家人，小舅夫妇和女儿都陆陆续续赶到了医院。

　　"你大哥呢？"不知道是谁问了一句。

　　"他说回不来。"

　　"为什么啊？"

　　"说是马上就能拿到绿卡了，眼下不是出国的时候。"

　　"哦……"

　　没有一个人说："这人怎么回事！""太过分啦！"大概是对大哥的一种淡淡的体谅吧。或者，在场的每个人都下意识地尊重大内家的"等级顺序"，尽量不惹风波。表弟妹们一直都保持着客气般的沉默，可能是出于自己曾寄人篱下的顾忌。其实，当时我真希望有人能站出来怒吼一句："有这么冷血的人吗？还亏是儿子呢！"

"真不愧是大伯。"女儿恭子悄声说道，语气中无不带有讥讽。"只有这孩子和我一气。"我心想。

两三人一起轮番进入重症监护室。因为药物的副作用，母亲脸部和身体的肿胀越来越明显，曾经姣好的面容荡然无存。

插在母亲口中的那根粗管让人寒心。嘴唇因为浮肿而上翻着，干燥的部分都裂了口。双眼紧闭着，看起来很难受。脸部毫无血色，阴沉灰暗，披散着的长发更添一丝悲哀。

从手、脚、腹部伸出来的导管连着一旁的显示器，这种情形用章鱼来形容一点儿也不夸张。床边挂着尿袋。从重症监护室出来后，琉美悄声耳语道："姑姑肯定不愿意我们看到她那副模样，好可怜。"琉美的独生子谅当时读初中二年级，那天也来到了医院。刚一脚踏进重症监护室，琉美就说"不适合孩子"，赶紧退了出来，谅被吓得一脸惨白，在琉美的身旁一个劲儿地发抖。

应幸的妻子多佳子看到这般场景后，明智地做了判断："还是不要让我们家的孩子来看望姑姑了。"她的两个孩子一个读初中一年级，一个读小学三年级。

"不见为好，否则会受不住打击的。"我说。

"最起码保住姑姑在孩子们心中的形象。"琉美说。

多佳子向在场的孩子们提议道："我们在病房门前一起祈祷吧！"

看到外婆的模样早已面目全非，儿子渚哭得尤为厉害，细长的烫发在宽大的后背上颤动着。

"让妈这样活着有点过了。"前夫小声说道。

护士走了过来："请3点时到A室来一趟。各科的医生都到齐了，希望能和各位家属再认真谈谈。"

"好的，我们准时过去。"

家属共十一人，院方有四人。嫂子和我坐在最前排，和医生们面对面，其他人则围在后面或两旁。

"我们怕一次听不大明白，可不可以录音呢？"

医生没有拒绝，三十岁的表妹利纱（小舅的女儿）将手机放到了医生面前，按下了录音键。

"我是负责检查的Y。"和利纱年龄相仿的女医生率先发了言。

"就像刚才跟您两位说过的，本来身体健康的患者突然摔倒，应该是发生了什么重大事件。"

"用'事件'表述不大合适吧？"我心想。

"一个是心肌梗塞，这是一种心脏表面血管堵塞的疾病。也有可能是突发性心律不齐。另一个就是体内失衡造成的肺动脉血栓塞栓症。脚部某处的血块突然流窜到肺部，堵塞了从心脏通往肺部的动脉。

"我们先拍了冠状动脉的X光片，但没显示有问题，应该不是心肌梗塞。接着拍了肺动脉的X光片，右肺叶是分上、中、下，左肺叶是分上、下来拍的。结果发现，通往右肺叶上方的血管，也就是肺动脉完全被堵住了。所以，患者之所以摔倒，应该就是肺动脉血栓栓塞症造成的。

"如果右肺叶上方仅有一处堵塞，还不至于引起摔倒。在医生们快速有效的处理下，除右肺叶上方，其他地方的血栓都已经溶解了。现在堵塞的只有这一处，也就是右上叶。

"那血管被堵住的话，应该怎么办呢？这时就要使用能够让血块溶解便于血流通畅的药物。可是，药物效果强烈的话，会引发多处出血。比起年轻人，上了年纪的人头部、胃部等组织比较脆弱，很有可能引发二次性出血。

"患者脚部安装的大部头仪器，是采用人工方式取代肺叶和心脏来维持生命的医用治疗仪，也就是人工呼吸器。它是将导管插入血管来刺激和保证血液运行的，和人体自身的血液流通机制完全不同。在血流通畅容易引起出血的情况下，再投用药物的话，会加剧全身的出血状况。

"抢救肺部无疑很重要，不过还得注意避免并发症，我们会努力控制由药物引起的出血程度。

"这些检查结束后，我们给患者安装了两根新的导管。一个是从颈部插入的心脏导管，也就是心脏起搏器，想必各位都听说过。当患者的脉搏无法自行跳动时，就安装上这种起搏器。一般是将导管从体外导入心肌，当心脏跳动微弱时，采取人工方式刺激脉搏跳动，进而维持心脏运作。

"另一个就是从颈部经由心脏导入肺部的导管，用来投放保证血流通畅的药物。

"今后我们会采取这些相权衡的救治措施，与急诊医生积极配合。"

简直就是口若悬河，中途连提问的机会都没有。听完后，除了说声"谢谢"，就没有什么其他可说的。接着是主治医生发言。

"肺部出现血块，并不是说肺部本身出了问题。如刚才Y医生所说，是脚部的血块流窜到肺里来了。可能是患者脚部有静脉瘤，比其他人更容易形成血栓。飞机经济舱症候群就是一个典型的例子，久坐后突然起身时最容易发生，要预防就只能尽量多走动。也就是说，虽然对心脏可能造成负担，我们还是建议多走动走动。心脏停止跳动的肺栓塞最为严重。症状轻微的话，大多通过治疗便可以恢复。但像这种重症，症状轻重如何，何时会发生，是根本无法预测的。对于出现的这种情况，我们已经尽全力救治了。"

"无法预测？尽全力救治？"我暗自生疑，"可是"二字正要从嘴里冒出来时，小舅先开了口。

"肺部血管里的血块会慢慢消除，是吗？需要多久？血管差不多恢复正常的话，心脏就有可能复活吗？"

主治医生回了话："依目前拍的片子来看，心脏暂时没什么问题，但因为今后心脏承受的负担会加重，会引起什么情况我们也不清楚。现在的情况很不利于心脏运作，有可能会严重损害心脏功能。"说话藏藏掖掖的。

"那意识呢？"小舅再次问道。

"眼下无法确认脑部功能。在缺氧的情况下，一旦达到一定时间，即便做心脏按压，全身的氧气也无法自行流通。要想使心脏功能恢复，需要各方面努力配合。就算最初怀疑是肺栓塞，即刻清理血栓、投放溶解药物，也不是当场就能奏效。要想恢复意识可能比较困难。因为我们做了三十分钟到一个小时的心脏按压，但心脏还是无法跳动。"

嫂子紧接着问道："您的意思是，以目前的医疗水平，当心脏停止跳动后，在做心脏按压的同时，没法给脑部输氧吗？"

"仅给脑部输氧目前尚停留在动物实验的阶段。说实话，现在没有一家医院能做到这点。"

也就是说，"心脏按压"便是"目前的医疗水平"极限了。

"现在说这些虽然也晚了……"我插嘴说道，"您刚才说无法预测，可昨晚我母亲从洗手间回到病房里时，曾说过很难受，看着就有点严重。我非常后悔没有及时跟医生讲。可是护士一直在旁边跟着，凭专业经验的话，不会考虑不到患者的心肺情况，以至于后来发生这些事情。"

我心里很明白，再质问也无济于事，但就是控制不住自己，眼泪止不住地往下淌。

"但那之后，您母亲当晚休息时并没有什么异常。"主治医生皱着眉，那样子像是说："昨晚的难受和肺栓塞症完全没有关系。"

"可是，"我继续哭着说道，"从洗手间回来时，我母亲真的很难受，护士请我母亲躺到床上时，她自己一个人都上不去……"

主治医生打断了我的话："我自己这十一年来一直从事心脏早期急救，照您的说法，来医院进行早期急救的患者都回不了家了。我们在对待突发病情时，也时刻注意突发性急变，并竭尽全力救治。所以，对于昨晚发生的事，我可以说是问心无愧。"

"敢堂堂说自己问心无愧的，其实是怀有愧疚吧？"我心里想道。

主治医生继续说道："我能理解各位家属的心情，希望一切都能回到当初。不过，就算那时测了心电图，估计心脏也完全正常，肺部也未必会出现堵塞。"

谈话除了收尾，别无选择。

小舅妈从背后抚着我的肩膀，说道："理津子是女儿嘛，大家能理解你的心情。"

治疗计划

"那就跟我们说说接下来的治疗计划吧！"嫂子试图把话题转到正轨上来，可是一位年长的医生又对主治医生方才的解释做了一些补充说明，重复了好几遍"没办法""无法预测""尽了全力"之类的话，似乎意在强调昨晚母亲的"难受"和今天早上发生的一切并没有因果关系。真够啰唆的，称他为"循环器M"好了。

"那些已经知道了，请允许我们问些其他问题。"始终保持沉默的琉美突然插了口，"心肺停止运作期间，是不是脑部供氧也停止了呢？"

"不是停止，但量极少。"

"那到底供给了多少氧气呢？"

"这个嘛，是供给了一部分。我们在做心脏按压时，使用了PCPS人工心脏仪。因此血液能够流通。我们已经尽力从靠近肺部的地方把血液导入仪器，再流入动脉，进而输回到脑子里。"

听到"脑子"这个表述，我感到自己像被戏弄了一样。

"关于脑子受损程度，比如光线反应及手脚活动情况，都要根据今后的状况才能判断。毕竟倒下后昏迷三十分钟还能得救的病例少之又少。要是问'真的没有吗'，也不全是零，只是恢复的可能性非常低。那个人的心肺被整坏了却还活着，是因为我们硬是从静脉将血液导入人工肺，再将人工心制造的含氧血由动脉送回体内的缘故，所以就算不能呼吸也能存活。"

"那个人""被整坏""硬是"等词语听着就让人不舒服，这个医生的措辞真是不经大脑。

"够了！今后该怎么办？"琉美显然和我想到了一处，没好气地插话道。

"逐渐减少仪器的使用，看看肺部能否自主进行氧气交换。还有，要是肺动脉噗地发生堵塞时，右心房也会噗地变肿胀。"

听医生的口音，不像是大阪腔，而是播州方言。可能是姬路哪个地方出身的，用词大大咧咧，没一点教养。

"从左心房到右心房的血液因为受到压迫，暂时停止运作。如果右心脏能慢慢缩小，可以往全身输送血液的话，她就有可能活过来，当然我指的是心脏。不过老实交代，这个也是在逐渐拿掉人工心以后才能知道结果。

"肺组织本身没有坏死，因为肺细胞还可以从其他动脉获取血液，问题是肺部不能自主进行氧气交换。血块慢慢溶解的话，说不定会恢复。但因为是上年纪的人了，在血块溶解之前，其他地方出血的可能性很高。

"实际上，肺栓塞症患者大多无法获救，以我们十多年来的经验来看，大概不到四分之一，相当严峻。"

我无奈地点了点头。

"可以了吗？今天说的主要内容就是——""脑子"医生开始进入总结，"患者脚部形成血块、静脉瘤，流入肺里引发堵塞，所以安装了人工呼吸器。心脏大概停止跳动一个小时。病名是肺血栓栓塞症，也称肺梗死、经济舱症候群。今后有可能会发生脑出血、胃出血或是肺出血，概率近百分之七十。如果不用抗凝药物，可能会不断产生新的血栓，从预防再生的角度来看，还是要用抗凝药物进行治疗。大家能听明白吗？这叫大脑缺氧症。我们采取的处置措施都是想促使心脏跳动，要是心脏无法恢复自主活动，情况就很严峻。目前最重要的有两点，一是意识能否恢复，二是能否自主呼吸。意识能不能恢复，能不能自主呼吸，这两点很关键。"

医学上将无法自主呼吸的情况称作脑死。如果仅是呼吸得到恢复而意识没有回转，经过半年或一年后，就会变成植物人。

应幸的声音从背后传了过来："你们说要看情况再做判断，需要一周，还是两周？"

"这个嘛，还是刚才说的，不检查的话，我们无法明确回答。"

"请家属做判断"

"不好意思，能不能再问最后一个问题？"三位医生正要从座位上站起来时，我赶紧留住了他们，"我妈的脸越来越肿胀了，有没有办法控制一下呢？"

"很抱歉。就像刚才所说的，这个（肿胀）不经过检查的话，我们也没办法明白。不得不向各位说的是，这种治疗要持续到什么时候，需要请家属做判断。"

"这个判断不好做啊……"小舅说道。

"出血或内脏衰弱都是很现实的问题，患者随时都有可能走掉。"

"肿胀会一直持续吗？"

"是的。"

"如果现在摘掉仪器和导管，是不是我妈立马就不行了？"我再一次向医生确认道。

"可以这么说吧。"

"我明白了……谢谢……"

　　三位医生离开之后，房间里的空气异常凝重。身体内像是灌了铅。谁都没有出声。过了一会儿，小舅张口说道："曾经是让我很骄傲的大姐啊！""曾经"这一过去式让我感到心神不安，顿时烦躁起来。

　　小舅妈意外地接过了话茬："我们办结婚典礼时，大姐还以家长的身份出席了呢。我朋友都说她很像女演员三田佳子呢。"平时沉默寡言的小舅妈今天很会说。

　　"我再给你大哥和启打个电话。"嫂子急匆匆地出去后，我和琉美聊了起来。

　　"我左思右想，无论怎么做都已经回天乏术了。我还是想着尽早让我妈少受点折腾。琉美认为呢？"

　　"……我当然也这么想。姑姑那么痛苦，我都不忍心看下去。可是……"

　　"可是什么？"

　　"你从敏子姐的立场上想一下，她一直说烫伤发生时自己明明就在旁边，肯定觉得有责任吧？虽然口头上没怎么说。这样一想的话，其实有点……"琉美比我小十岁，可心思要细腻得多，"现在选择放弃的话，敏子姐会很难受的。"

　　琉美说得有道理，这些我都还没顾得及去想，可是我的想法仍旧没有改变："责任什么的都无所谓了，我就想让妈早点解脱。"

在那之后，仍是每两三个人轮流进入重症监护室，每次都是抹着眼泪出来，大概来来回回进出了三次。

"妈，昨晚我把手机落在病房里折回来拿时，都没有看您的正脸，只是朝后背挥了挥手就走了。对不起！"

那天，在母亲的枕边，我无数次喃喃自语，愈说胸口愈痛如针扎。

在医院待到晚上9点后，我又打出租车回到了父母的公寓，并在那里过夜。父亲那天没有犯病，正常得有些离谱。

"你妈怎么样了？"父亲一本正经地问道。面对这不正常中的正常，我异常难过。

我记得嫂子交代过："如果现在跟爸讲实话，他脑子肯定会混乱。"所以我尽量装出不以为然的样子，撒了一个弥天大谎："嗯，快回来了，妈很要强呢。"

"那真是不幸中的万幸啊！"父亲回道。那一刻，我根本无法正视父亲的双眼。

银行

次日，也就是5月2日清晨，母亲的手机收到一条短信："没有看到你打来的电话，回复晚了，不好意思啊。是不是下周去打高尔夫时碰头的事儿啊？上午忙东忙西的，等下午我给你回电话啊！"

是木村发来的。

木村其实是我的朋友，开有一家会计师事务所，诊所的账务就是拜托她来管理的。她和母亲也很合得来，偶尔会约母亲一起打高尔夫。自从父亲不能去高尔夫球场以后，木村就成了母亲的球伴。

我给她回了电话，告知了母亲目前的状况。

"不会吧？昨天夜里8点时，我还收到了公寓的座机打来的电话来着！"木村很惊讶。

昨晚8点时只有父亲和介护员在公寓里。父亲连细微的事情都无法办到，更不用说给木村打电话了。更何况，父亲根本不知道木村的手机号码。

"不可能吧，应该是搞错了。"虽然嫂子这样说，但她也认为，"妈很重礼节，如果下周没法去打高尔夫，应该会提前跟木村联系的。"

我也只能如此认为。

总之，那天一大早就发生了这么一件奇妙的事情。上午10点，将父亲送出公寓前往日间介护中心后，我找出了母亲的存折和印章，准备把存款取出来，没想到一直折腾到下午。

当时我只是盲目地误信了一种说法：人过世后账户里的

存款就取不出来了，要取就趁现在。实际上，只要不是大城市报纸上刊载的去世的名人，一般人的账户是不会冻结的。而这些是我很久之后才了解到的。

"真像是做贼……"我万般内疚，可是也顾不上这些了。因为我手头确实很拮据。

我要抚养两个大学生，一点儿也不轻松。原以为嫂子要比我宽裕些，没想到嫂子却说："才没那回事呢。"启读私立大学医学系读到29岁，都是嫂子出的教育费，钱被用得所剩无几。我和前夫还在一起生活时，好像嫂子和大哥的钱包就是分开的。"那就跟大哥要啊。"跟大哥要理所当然，可是大哥在电话里说："我也想帮忙，但眼下手头有点紧。"大哥住在美国洛杉矶郊外的高级住宅街，家里带游泳池，还有私人飞机，但经济状况就像过山车一样时好时坏，一点都不靠谱。

在公寓里，我打开了像是抽屉的柜门，准备翻找母亲的私房钱。"真是在做贼啊……"我万分羞愧，却没有退路。没有退路，究竟是对谁而言呢？无疑，那个人就是自己。如果半途而废的话，那就真成"偷盗未遂"了。但是，如果把找出来的钱有效利用起来的话，也并非坏事。我不断地试图说服自己。

在梳妆台抽屉最里面，我找到了以母亲的名义办的存折，包括邮政银行一百万日元的定期存款，以及M银行中之岛分行七十万日元的普通存款，仅此而已。

给邮政银行打了咨询电话，说是存折名义人的家属来办理解约的话，需要名义人的委托书，以及名义人和来银行窗口办理手续的人的官方关系证明。嫂子模仿母亲的字迹写好了委托书，并盖了章。我去区役所申请了母亲和我的户籍誊本。拿到这些后，两人便先开车去了邮局。在车里，我和嫂子聊了起来。

"我之前听妈提过，她上的有两千五百万日元的生命保险，如果爸先走，妈不至于为钱生忧；要是妈走得早，就可以用那笔钱请人来照顾爸。不过都是很久之前听说的。"

"咦？真的？我都没有听说过。要是真的话，今天你找存折的地方应该放有保险合同啊！"嫂子很惊讶。

"也许吧，但究竟有没有谁也不知道。妈住院的费用不知道要花多少，何况还要办葬礼。现在说虽然有点早，将来照顾爸也要花不少钱。"

"有句老话说，'船到桥头自然直'，不过考虑一下今后的事，还真是让人发愁。爸名义下的存款可能也有一些吧，但是咱家二老都没有什么理财概念。"

"可不是嘛。关电医院给的退休金也不知道放哪儿了。"

"咦？关电的退休金？有吗？我没听说过啊。"

母亲之前跟我透露过，管人事的某位"厉害人物"口头约定可以支付数千万日元的退休金，可是父亲退任时那个人早已辞职，最后只拿到了五百万日元。"即便这样，你爸还是没有一句怨言地收下了，还说什么'谢谢'，真是好教养，不知道究竟是可喜还是可叹。"关于这件事，母亲不止一次向我发过牢骚。

"唉，这些钱的事，爸妈从没有对我这个儿媳妇说过。"嫂子叹了口气。

嫂子就住在附近，来往也比较频繁，母亲大概是不愿意让自己的儿媳妇知道这些不体面的事情。

"哪只是儿媳妇呀！在按摩店里不还被认成母女俩来着？"

"也是，说是不只外貌，连骨架都很像。虽然是讨人开心的玩笑话，但还是很高兴。"嫂子笑了起来，然后又用力说道，"总之，从今天起，最现实的问题还是钱。葬礼费只好让妈自己出了。我不会说什么好听话，理津子，咱俩都要打起精神来！"

"嗯。"

现在回想起来，"葬礼费只好让妈自己出了"这句话当时真好意思说出口。平时一起去外面吃饭时，从小到大，没有一次不是妈买的单。长年累积下来，不知道要比"葬礼费"多出多少倍。撇开这个不讲，至少这次我们应该"慷慨"承担葬礼费，好借此表达一下对母亲的"感谢"，可是……

母亲的钱一直用在整个家庭上，我们却都用在自己身上，所以才认为死后所需要的费用也应该由她本人负责吧。

在邮局窗口，只是提交了（伪造）委托书、户籍誊本、驾驶证，便什么也没有被问到，轻而易举地就将一百万日元的定期存款解约了。M银行却有点棘手。

"我母亲现在住院，她委托我们来帮她取钱。我们把这些材料都带来了。"

在窗口柜台拿出（伪造）委托书、户籍誊本和驾驶证后，柜台的女工作人员便死死地盯着我们，盯得我们都不知道眼光该往何处放。我的心里仿佛有两个自己在打架：一个是"在做不体面的事"，充满了罪恶感，胸口疼得难受；一个是"不要胆怯，挺起胸来堂堂应对"，不断鼓舞自己。

柜台的女工作人员很果断地拒绝了："不是本人的话无法解约。"

"还请您多通融。我母亲还在住院，除了做大手术要花钱，还要招待远道而来的亲戚们，我们也是迫不得已……"谎言接二连三地从嘴里冒出来，"我家经济条件不大好，没有钱，真的很拮据。我们来取母亲的宝贝存款，也是她自个儿交代的。"明明是现编的，可听起来全部就像真的一样，眼泪也开始不住地流了下来。

"请稍等。"

一位像是领导的男工作人员来到窗口，继续和我们交谈。我又拿出了刚才那一套说辞，一边说一边呜咽着。当时我的心情是：虽是谎言但就是事实，像是事实却还是谎言。

"我很理解你们此刻的感受。我很想帮助你们，但是银行有自己的规定，不是本人的话不行……情况我大概了解了，请让我们去医院拜访一下您母亲。和她本人确认后，我们再想想其他办法。"

"啊？让银行的人来医院？那谎言岂不是要被抓个现成？"我心里想。

"您母亲住的是哪家医院什么科？"

"K医院。"嘴巴半张着，却怎么也说不出口。

"现在谢绝会面。正在急救呢。"简直是前言不搭后语。

"那，本来这样做是不允许的，能不能让我们给医院打电话过去，请她本人接电话确认一下呢？"

这就更要命了。

"这个……还是不用了，她现在根本接不成电话……"

之后，男工作人员好像是看透了一切，说道："非常抱歉，这样是无法取款的。"谁知，他接着突然压低了嗓音，"偷偷跟你们说啊，如果办张银行卡，一天内就可以取五十万日元。"

"我妈不记得密码了。"

"办银行卡的手续也需要本人确认。"男工作人员又悄悄说道，"她本人的生日、家人的生日、住址号、有私家车的话比如车牌号。您心里有数吗？"明显是"怂恿"。

"谢谢，谢谢……"

我和嫂子往自动取款机处走去。母亲的生日"0201"，不是；父亲的生日"0414"，也不行；大哥的生日"0223"，还是不对。赌上第四次，我输入了自己的生日"1121"。不是吧？母亲的密码竟然用的是我的生日！"做贼"般的心虚稍微得到缓解。

尽管一天只有五十万日元的取款限额，但从自动取款机里毫不费力地就取了出来。我若无其事般将钱塞进了提包。

"太好了。共一百五十万日元。有了这些，葬礼费暂时就不用发愁了。"

当时的我俩太过天真，根本不知道：当一个人去世时，不仅仅是葬礼费，还有其他很多需要花钱的地方。

坐在车里等我的嫂子，把我递给她的五十万日元信封，像刚才接过从邮局里取出的装有一百万日元的信封那样，迅速装进了自己的包里。那一瞬间，我的脑海里突然闪出"煮熟的鸭子飞走了"这句话，这种低级想法让自己都觉得自己很卑鄙。

可接下来的瞬间，嫂子又将较薄的信封递还到了我手里：

"拿着这么多现金到处走动不安全，邮局的那部分我汇到你大哥账户上，M银行的那些可以存到你的卡里吗？"

　　紧接着两个人又去了淀川区的诊所，向副院长和两个工作人员传达了母亲的状况。

　　"怎么会？……让人难以置信……"大家都找不出其他的话来。

　　"放假前夫人像平时一样开着车回去，还跟大家伙说再见呢。不是说烫伤不要紧吗？"

　　牙科助手太田二十五年来一直在诊所工作，和母亲共事的时间比我们还要长。

　　"我这就去医院。"

　　"谢谢您的好意，可是因为药物副作用，我母亲的脸肿得不行，我想她肯定不愿意让人看到自己的那副模样。实在对不起。"我婉言谢绝道，想到母亲的那副状态，不由得攥紧了手心。

　　"我和母亲聊天的最后一晚，母亲还很在意您，特地嘱咐我告诉您，'就是暂时休息一下，让太田不要担心'。那时她其实不想让人看到自己烫伤的脸，说等出院后请您到家里来坐坐。但是，现在想想，要是当时让您去就好了……是我的失误……对不起。"

"好吧。"始终绷着嘴的副院长张口说道,"刚才还有患者问夫人今天来不来,不过我们不会跟患者提夫人的事情的,今天照常接诊。"

诊所门前有一块小小的花坛,长期以来都是由母亲莳弄打理的。黄色的百日草正寂寞地开着。

那天我和嫂子虽然始终一起行动,但在两个重要的问题上依旧有分歧:"要不要跟爸说"和"延命到什么时候"。

嫂子主张"考虑到爸的身体,还是不要告诉他为好",我则认为"应该告诉";嫂子坚持"尽可能持续延命下去",我则认为"已经到极限了,哪怕一分钟一秒钟也想让妈早点解脱"。赫然两条并行线。

"谢谢""对不起"

到达K医院时,已过下午3点。女儿、儿子、表弟应幸和表妹琉美、小舅、前夫都在。女儿说,大家跟昨天一样,从早上就多番轮流进出监护室,无不是双眼红肿,最后又悄声告诉我:"外婆看起来状况很糟糕,比昨天要难受好多倍。"

大哥寄来了一个大纸箱,是寄到医院后转给母亲的。打开后,发现里面装的是两大棵芦荟。据说是三天前他得知母亲烫伤后立马在网上订购，从奄美大岛直接邮寄过来的。

嫂子剥开芦荟的表皮，将纤维涂抹到母亲脸上烫伤的部位。"妈，老大寄来芦荟了。"擦呀，擦呀，一直擦着。

"快看，发黑的部分不见了呢……"

"还真是！"

芦荟的效果出人意料。

"你也赶紧搭把手！"嫂子将芦荟递给我，我也开始往母亲的额头上不停地涂着。

"妈，变好看了呢。您瞧，肤色恢复了……太好了……"

"至少让脸部变好看些……"

这一天母亲的脸比昨天还要肿胀，跟女儿说得一模一样，痛苦的程度远远超过昨天。我虽然很清楚装的有人工呼吸器，但当看到起伏的胸口时，就感觉仍像是母亲自己在呼吸一般。回忆起这五十二年来和母亲之间的点点滴滴，我不禁趴在母亲耳旁喃喃自语了起来。

"小时候，您总是很开心地蹬着缝纫机给我做衣服呢。"

"我还经常和您一起去附近小树林的河边采摘花草。"

"您很喜欢郁金香，每到春天，奈良家的后院都被您栽成了郁金香花田。"

前天夜里，母亲冷不丁地讲起了大哥和我小时候的事情。当时我首先想起来的，就是很久很久之前和母亲共同生活时的那段时光。

"为了庆祝我升入高中，您还给我买了红色毛呢大衣。"

"嫂子第一次来家里时，就帮忙把家里的窗帘都换上了新的，您还觉得很不好意思呢。"

"我开始工作时，您还说'理津子也变成职业妇女了'，用词好老旧啊。"

一幅幅剪影在脑海里回旋转动，出现，继而消失。这就是所谓的人生走马灯吧。闪映出的母亲的形象渐渐活动了起来：笑眯眯地看着我套上红色毛呢大衣的袖子，换新窗帘时双手伸向横杆的模样，一边握着听筒煲电话粥一边做手势示意我关上厨房里的火。这些场景并不是静止的海报，而是犹如缓缓转动的影像，立马切换到下一个场景，接着是40岁、50岁、60岁……母亲逐渐走向衰老。

我的第一本书出版时，母亲欣喜若狂，从书店里买回来二十多册，铺满了整个餐桌。女儿恭子还在襁褓中时，母亲毫不顾忌地张大嘴巴捂着眼睛玩"躲猫猫"逗女儿开心。我沉迷于天然食品时，母亲很不以为然："总吃那些身体会生病的。"……回想着，低语着，最终，所有的记忆都归结为两句话："谢谢！""对不起！"

"每周去幼儿园接送恭子和渚，谢谢！"

"您做了鲻仔鱼和散寿司，还特意送了过来，谢谢！"

　　"我明明看到了您打来的电话，却没有及时回复。对不起！"

　　"不久前您去打高尔夫，拜托我回去照看一天爸时，我一句'没空'就直接回绝您了。我不应该那样说，对不起！"

　　"您向我抱怨爸时，我还说是您'太在意'，真的对不起。和爸一起生活的这两三天，我才终于明白爸的病情远比想象中的要糟糕。对不起！"

　　快速旋转的走马灯突然一晃，"无论何时，母亲都站在我这一边"的有关记忆涌上心头。不过这也是小时候的事了——

　　应该是发生在小学低年级时的事。老家浴室要改装，粘瓷砖的师傅在按几何学模样粘贴瓷砖时，我就站在洗面台旁偷偷地观望着。母亲走了过来，我吓得不轻：这下要挨骂了！可没想到，母亲竟对粘瓷砖的师傅说："请您允许这孩子站在一边看看。"还特意为我搬来了小凳子，好让我看得更清楚。这可能会妨碍师傅工作，但母亲并没有说什么，中间还几次表扬我："理津子看得好认真，真是了不得！"

　　还是那个时候，有一次我在道路上踢球时，不小心打破了邻居家的门灯，吓得不敢跟家里人说。邻居家的奶奶来跟母亲"告状"时，我战战兢兢缩着脑袋想："完了，又要挨骂了！"母亲当场催促我赶快道歉，可是等那个邻居离开之后，母亲却安慰我说："你没敢说出来，一直忍着很难受吧？""能把球踢到那么高，真的很厉害啊！"

是的，母亲总是以她的大度量宽容我、表扬我。即便我后来长大成人，从来不说"对不起"，她也并不生气。即便我都这么老大不小了，母亲还继续站在我这一边袒护我。

到了傍晚，主治医生跟我们讲了母亲从昨天开始发生的变化。

致命性心律不齐，肠黏膜受损，电解质注射，脑波整体平坦，脑神经活动停止。ABR（听性脑干反应）检测不到脑干的神经活动，呼吸、体温调节、中枢神经功能都丧失了……

"通常来讲，脑神经细胞一旦受损停止活动后，就无法再生。结合其他的神经系统诊断，说是'临床脑死'也不为过。现在的状态也可以保持，但是今后所有的措施都只是延命。"

脑死宣言。

母亲已经不在了。我心里很清楚，昨天就已经很清楚。因为已经做好了心理准备，所以不想再听到比这还要残酷的话了，我想大声喊出来。

"知道了。但是，哪怕再延迟上一天、两天，或者一小时、两小时也行。求求您了！"嫂子的声音隐约在耳边回响。

母亲的一生

母亲的手机由我拿着。

主治医生"说是'临床脑死'也不为过"这句话始终在我的脑海里回响。在一楼的自动售货机处买乌龙茶时，母亲的手机响了起来。来电显示"南口弘子"，原来是南口阿姨。

"喂……"

"大内太太吗？"

"不，我是理津子。好久不见。"

"哎呀，是理津子啊！"

"我母亲现在接不了电话，手机我在拿着。"

我在说些什么呀？

"理津子回公寓这边了？大内太太在做饭吗？"

"其实我母亲，这会儿在医院，状况很糟糕……病危……"

"啊？"

我将烫伤以来的一系列经过给南口阿姨讲了一遍。在我说话的间隙，南口阿姨连着喊了好几次"不会吧""不会吧"。声音高亢，听起来很年轻。

"不可能！"

南口阿姨说，原本和母亲约好在上本町吃午餐，想着商量一下会面时间和地点，才打来电话询问的。

"是哪家医院？我立马就过去看看。"

"K医院。可是，您即便赶过来，我感觉我母亲也没办法跟您见面。因为药物副作用，脸肿得根本让人不忍心看……"

"我不信，我不信……"

"我会在母亲耳边告诉她您来电话了。实在对不起……"

"什么？你的意思是，我见不到大内太太了吗？"

"现在除了祈祷奇迹发生，毫无其他办法……"

"怎么会？！前段时间，大内太太还邀请我和竹田太太两个人去家里，做了好吃的款待我们了呢。所以，我想着后天的午餐就由我来请客。这可如何是好？"

"对不起……"

南口阿姨是奈良老家的邻居。她的女儿和我大哥是幼儿园同级同学。南口阿姨提到的竹田太太，她女儿和我也是幼儿园同级。也就是说，这两位和母亲都是五十年来的妈妈友。三个人都不像上了年纪的人，喜欢时髦，送走各自的公婆后更是无拘无束，后来还成了高尔夫球伴。

和南口阿姨一聊天，我的胸口又像是被揪了起来。虽然现在想也没用，但还是抑制不住纷繁芜杂的思绪。母亲做梦也想不到自己会变成这个状态，明明三天前还是一派平和的日常。

"喂，是我呀！现在方便接电话吗？过几天我要和你南口阿姨见面呢。嗯，说是要在上本町请我吃寿司……对了，你南口阿姨的孙子，要一个人住大阪了呢……听说她先生身体不大好，在家里一直躺着……"

几天后，再也不会有母亲打来这种家常电话，而我边盯着电脑边敷衍应承的机会了。我原以为，母亲的电话会永远打进来。

我这才意识到，这种无所谓的麻烦电话，其实正是"幸福"的日常。

如果一切正常，几天后母亲一定会打来电话自顾自"汇报"和南口阿姨的午餐情况，我则仍会在她说完后问一句："打电话有什么事？"母亲肯定会回答："没什么，就这些。对了，前几天我提的那个家谱，那个呀，就算了，我不打算做了。"

母亲总是这样，到最后关头通常会选择退让。不管惹她生几次气，也不管理解不理解，过几天她都会咬着嘴唇让步，也许在她看来：只要自己能够忍耐，就能换来家里的长久太平吧。

"在家从父，出嫁从夫，老来从子。"虽然母亲没有接受过这种"三从"教育，但是在她的内心深处，可能有这种潜意识吧。

染茶褐色头发，打高尔夫，这些是昭和头十年里出生的母亲的极限，在我看来都是反面教材。

那么，母亲的一生呢？

母亲是奈良市南四十公里外奈良县五条市一家制铁厂的长女，喜欢学习，也爱读书。我曾听母亲提起过，如果看书看到很晚，爷爷就会批评她浪费电，所以她躲在壁橱里打着手电筒读完了 ARS 出版社的《日本儿童文库》全卷。因为是在乡下，没怎么受到战争的波及。当时的女校只读四年就能毕业。

"毕竟是乡下人，我真以为神风一吹日本就会打胜仗呢！还拿着竹枪练习杀敌，和你四国的姑姑完全不一样。"

四国的姑姑是父亲的姐姐，嫁到了德岛县鸣门，比母亲大七八岁，毕业于大阪最优秀的女校——府立大手前高等女校。我在采访与姑姑同年龄段且出身于同所学校的俳人桂信子时，为了事先了解大手前高女的情况，曾打电话向姑姑咨询过。

"在那个提倡多生孩子、《女大学》①很被看好的时代，大

①　译者注：《女大学》，日本江户时代中期以后广泛普及的女子道德教科书，重封建教育，即女子版《大学》。

手前的一位教课老师言辞激烈地对学生说：'这场战争一定会失败的。大家如果结婚，孩子顶多要两个就够了。三个以上的话，就等于自我毁灭，自讨苦吃。'我们心里很清楚，如果把这些话讲出去，肯定会不得了。虽然大家口头上都没有说，却深深记在了心里，跟我同年级的都只有一个或两个孩子。"

我感到很惊讶，把这些讲给母亲时，母亲说："不愧是大手前，思想境界不一般，五条女校连想都不敢想。"

母亲可以按序说出历代天皇的名字，《百人一首》①也熟记在心，但和自由教育无缘。一次都没有出去工作过，不知道有没有谈过恋爱。修完和式裁缝、洋式裁缝、茶道、花道等"新娘课程"后，1950年母亲20岁时，便经人介绍与父亲结了婚。

"相亲时，你爸问我有没有读过《少年维特之烦恼》，我说读过。"这段逸事我都记不清听母亲提过多少回了。我开始读初中时，母亲说："理津子也要读点书了。"暗示我应该读《世界文学全集》。明明是两码事，却偏要往我身上套。可惜我对译著不怎么感兴趣，连《少年维特之烦恼》都没有读过。母亲的老家经济条件比较阔绰，在那个还没有保险制度的时

---

① 译著注：又称《小仓百人一首》，为日本镰仓时代著名歌人藤原定家所编纂的和歌集，选录有一百位歌人的作品，在日本可谓家喻户晓，存数种中译本。

代，外祖父很希望女儿能嫁到城里，他曾对母亲说："嫁给牙医，至少能填饱肚子。""你爸虽然是奈良人，但在大阪工作，户籍、祖坟也都在大阪，我觉得也不错。"这些话我也听过无数遍了。

父母年轻时很贫穷。早上送父亲出门工作，母亲一说"晚饭还没有着落"时，父亲就会从自己破旧不堪又脏兮兮的钱包里，将仅有的碎钱全都翻出来递给母亲："去诊所后总会有办法的（有患者上门就会有入账）。"然后就身无分文地出门了。

这我也听了好多次了，每次母亲都会自恋似的感慨："你爸很重视我呢！"

之前听母亲提过，如果炖煮的食物味道稍微有点重，祖母就会絮絮叨叨地训斥她："太浪费酱油了！"这里写出来可能会被认为是说祖母的坏话，可是回想一下，我的祖母，也就是母亲的婆婆，是一位很不可思议的人。我作为孙女，从未受过祖母的疼爱。她对母亲尤其严格，总爱挑母亲的毛病："抹布没拧干！""碗没刷干净！"就连还是小孩子的我都在心里想："奶奶这样说你，妈倒是顶回去呀！"然而，母亲只是不停地道歉："我知道了，对不起……"估计那时母亲就是紧咬嘴唇，好维持一家的和平吧。

日后，我听南口阿姨说："你母亲牵着一个还在蹒跚走路的小男孩去八百源①时，总是从我家门前经过。我想着和我家孩子差不多大，没想到后来进了同一所幼儿园。"

南口阿姨的丈夫是一家大唱片公司的创始人，住在宽阔气派的房子里。她家旁边就是高级住宅区，我家就借住在那里。可能是重视教育的父亲想让大哥跨区就读大阪的中学，母亲总是会准备好夜宵，亲自开车接送大哥去上补习学校。

对了，我家经济应该不是很宽裕，但是打我记事起，家里就已经有汽车了。第一辆车是日野Renault，第二辆是日野Contessa。1960年母亲考了驾照后，就穿着和服和木屐开车。

父母从来没有督促过我抓紧学习，也不知道是幸还是不幸，这明显是男女有别的传统意识在作怪。大哥临近升中学时，父母特意准备了NHK广播的《基础英语》磁带，早上还一起收听收音机里的节目。我在升中学前，也曾在心里期盼过，可是我一等再等，始终也没等到英语磁带，当时特别失望。不过，父母会让我学习其他事情。每当我表演日本舞蹈、举办钢琴弹奏会时，母亲总是很开心地打扮得漂漂亮亮地出席。

母亲虽然没有出去工作过，但在家里并不闲着，而是做起了和式裁缝。刚开始是受街坊邻里的委托缝缝和服，由于口

---

① 译者注：八百源，大阪市内一家有两百余年历史的和式点心老店。

头上一传再传，后来就干脆在家里开了裁缝教室。

母亲还很照顾和接济亲戚。母亲的小弟弟（前面提到的小舅）、四国的表妹在上大学时都在我家住过。母亲大弟弟的孩子（应幸和琉美）上中学时就被接到我家来，是在我家长大的。

后来，大哥、我和应幸离家独立生活后，母亲在50多岁时开始"外出工作"。说是"外出"，其实就是去父亲的诊所坐坐前台，负责接待。她每天需要开五十公里左右的车，翻过生驹山，往返于奈良与大阪之间。60多岁以后，母亲平时住在大阪的公寓里，周末就回奈良老家小住。在76岁搬离奈良老家后，母亲住进了现在的南堀江公寓。

前面提到，大哥总是说二老不需要照顾。哪里是不需要照顾呀？对母亲来说，孩子永远都是孩子。大哥定居洛杉矶以后，母亲和父亲两人每年夏天和冬天都会去大哥家里，回来后还说："在美国，祥总是带着我们去看这儿逛那儿的，我要留些钱略表谢意。"母亲还动不动就往我家来，"这会儿有空吗？"之类的电话也从不间断。这一两年来，母亲一直在照顾渐渐衰弱的父亲。也许，照顾家人、亲戚就是母亲的自我人生价值吧。

这样回想母亲的一生时，却又感觉不大对劲："可是……"

　　小时候，我曾听母亲说过："想当老师。""但遭到了父母的反对，说是会耽误结婚，我就没去读师范。"这可能是母亲在没有工作可选的情况下一种淡淡的梦想吧。我上小学低年级时的班主任是位女老师，每当我跟母亲说起那位女老师时，母亲就会感慨："要是当了老师，就没法像现在这样做裁缝了，没当成也好。"我幼小的心里就会想："何必说出来呢？真的假的？"民谣歌手中川五郎、高石友在略带讥讽的《主妇蓝调》中唱道："我是平凡的主妇……女人生来就该成为主妇吗？这就是我的人生吗？"这首歌流行时，母亲总是执拗地撇撇嘴："听着有点怪……"

　　母亲坚信自己一路走来所做的选择都是正确的，也只有这样，才能封印住"想成为老师"这个并不存在的"另一种选择的可能性"吧。

　　如果把这些讲给还健在的母亲，她肯定又会笑着说："理津子真是爱讲理！"初中二年级时，正值1970年安保运动的酝酿期。我就读的中学和高中是一贯制，就在同一个校区，高中生设立了路障封锁住校区，呼吁"反对学费上涨"。母亲却牛头不对马嘴地说："涨的那部分学费，跟你爸要就好了。"我那时曾想，无论如何也不要跟母亲聊那些严肃的话题了，结果总会变成这样……往事缕缕浮上心头。

母亲此时就站在鬼门关前，模样可怖又可怜……

"赶快让妈解脱吧！"

"无论变成什么样都要让妈活着，至少等到跟启见上一面，他可是妈最疼爱的孙子啊！"

"总是说见面见面，可是妈已经没意识了，妈什么也看不到了啊！"

"可至少能感觉得到……"

"不可能，妈好可怜，我想让妈赶快解脱出来……"

我和嫂子之间的两条并行线依旧。

晚上回到父母的公寓时，父亲正在客厅里练习挥高尔夫球杆。地板上铺着一块90厘米宽3米长的人工草坪地毯，只见父亲用球杆缓缓推着球，准备把球打进另一头的洞里。自从去不了球场和练习场以后，这便成了父亲唯一的消遣。

已经是第二天了，母亲的状况到现在还没敢跟父亲讲。"其实，昨天……"这句话就是说不出口。为了掩盖一个谎，就要撒更多的谎。

"你妈怎么样了？"

"……很有精神呢。"

"说什么了吗？"

"嗯。妈很操心爸的身体呢。"

"哦……"

　　嫂子今晚住公寓。到了深夜，我和女儿、儿子一起乘出租车回家，已经三天没进家门了。

　　"到千里桃山台。"

　　待出租车师傅打表后，儿子说："我还是第一次打这么远的出租车呢！"女儿接了话："我也是。"

　　"老妈累瘫了吧？"

　　"可不是嘛！"

　　"眼里有血丝，等到家后滴些眼药水吧。"

　　新浪速波筋和土佐堀通车不多，加了速的汽车不断超过出租车向前驶去。女儿突然说道："前阵子给外公庆祝生日时，因为有社团活动，我只在聚会开始前露了一下面就离开了。那时外婆想让我带上些炸虾，说着就要给我包，可我却说用不着，直接拒绝了外婆的好意。唉，要是收下就好了……"

　　"没事的，你外婆说你能露个脸她就很高兴了。你要这样说的话，我也很后悔。最后那一晚，我如果没有在桃谷车站前吃炒面直接去医院就好了，回病房取手机时好好看看外婆的正脸打声招呼就好了……"

　　"没事的……"女儿说道。母女两人互相安慰着。

　　儿子冷不丁地问道："明天怎么办呢？"

　　"谁知道呢！"我有点没好气，"渚认为应该怎么办才好呢？"

　　"这不是我可以插嘴的，听老妈安排。"

明明已过深夜1点，可在北新地附近，从樱桥交叉路口到新御堂筋入口处有很多喝得醉醺醺的人，交通有点堵塞。就在几天前，我也是那群醉客中的一个。我猛然一惊，那时在那里待着究竟有什么意义呢？还不如去医院多陪陪母亲……

终于到家了。一打开门，小爱便跑着迎了过来，"啪嗒啪嗒"不停地摇着尾巴，好像在说："欢迎回家。"小爱是一只8岁的比格犬。

是的，我还有女儿，还有儿子，还有小爱。

给菩提寺打电话

5月3日一大早，我就在家里跟大哥通短信。我本以为发短信会比打电话更能控制住情绪，可事实并非如此。

"已经撑不下去了。哪怕一分钟，我也想让妈早点解脱。"

"你嫂子的想法也在理。"

"哥是没看到妈现在的样子，才好意思那样说。"

"但妈还活着嘛……"

"妈现在什么模样，什么身体，你知道吗？"

"知道。"

"明明不知道，明明什么也不懂，好不好？"

　　我和大哥的短信内容不过如此。那时的我根本没有闲暇去体谅大哥"想回却回不了"的心情，以和说话差不多的速度，不断地发着简短的信息去激怼，最终变得疲惫不堪。

　　但我仍不得不打起精神，给菩提寺打了电话过去。菩提寺是位于北区的一家真言宗寺院。祖父母的法事都是在这个寺院举行的，去年五月也刚在这里为祖母办了第二十七回忌辰法事。比起葬仪会馆，我当时还是想在这家寺院里向母亲做最后的告别。

　　我跟菩提寺的住持太太聊了很久。

　　"咦？是大内太太？不是大内先生吗？"

　　听到这句反问后，我顿时觉得很别扭："难道父亲去世就理所当然吗？"但我还是忍着，把母亲的状况告诉了她。

　　"人啊，不管是谁，打来到这个世上的瞬间，何时走都是有定数的。长寿的人也好，短命的人也罢，都各有天寿，这个谁都无法改变。所以呀，不管怎么说，大内太太都是终其天寿了吧。"

　　"大内太太前几天还亲自来寺里付了今年的管理费呢。其实汇款就行，难得她专门跑一趟。大内太太很开心，说是大孙子通过了美国国家考试，小孙子也上了大学。人的生死啊，无非就是这样。"

　　听着住持太太的话，我不禁暗想，跟她这么一聊还挺好。

不过我没忘了最重要的问题："在贵寺里举办葬礼的话，需要多少费用呢？"

"会场租赁费40万日元。"住持太太又接着说，"我们这里翻建20多年了，守灵、办葬礼都不大方便，没有停车场，休息室也很狭窄，也没有洗澡的地方，没办法留宿，总之不适合守灵。最近葬仪会馆办得越来越人性化了，我跟其他人也都推荐在那里办葬礼。"

40万日元是便宜还是贵，妥当不妥当，是否适宜在寺院办葬礼，我都没有仔细考虑，一心想着怎么才能把葬礼办得隆重又体面。

"但我还是想在贵寺里办，到时还请您多费心。"说完我便挂断了电话。我曾多次去葬仪会馆参加过葬礼，可不管多么气派的地方，在我看来都是"空有其表"。方便是方便，但有些流于形式。

打开行程表，4月30日的两个计划最后都泡汤了。五一黄金周的前半段宅在家里写稿子，后半段想着去采访已经成为我毕生事业的飞田新地找回一下"自我"。原打算和朋友一起自驾去德岛来一次两天一晚的"玩笑巡礼"，可就在临近出发前，因为一个朋友突然有其他事而取消。

再一个计划是黄金周过后的5月7日，去京都府宇治市UTORO地区采访，那个地方居住的大都是在日韩国、朝鲜人。

委托媒体是近畿地方某人权协会的机关杂志。我之前写过关于那个地区的报道文章，其他媒体看到后便来拜托我，这是我的第一件委托工作。本来我应该早点打电话请求延期采访，却又自言自语道："打电话也需要耗能，我现在根本没有那份精力。"那时的我除了迫在眉睫的事，对其他事都打不起精神。不管了，先拖延着吧。

这几天下来，光是停车费、出租车费、外餐费等，就把钱花得差不多了。晚上陪小爱散步也是拜托附近的宠物照看中心，当然不是免费的。不得不去银行取钱。数日前取出来的一个月12万日元的生活费早已见了底，记不清账户上有没有余额了。

"已经到极限了！"

"妈，现在能出门吗？"是儿子的声音，"我姐在停车场等着呢！"

下午，由女儿开车，母子三人终于开始向K医院驶去。"姑姑看起来比昨天痛苦得多。"半路上看到琉美发来的短信，我便做好了心理准备，可当看到全身肿胀、完全变得不认识的母亲的样子时，仍然很震惊。

手脚都浮肿不堪，仅仅隔了一晚，就好像增了八公斤。

说实话，母亲的样子很恐怖。没想到，药物的副作用竟然可以如此改变人的面貌。尤其是脸部肿胀得就像气球，眼睛、鼻子、嘴巴都向外凸着，吓得我都想闭上双眼。不，可是，还是母亲，是我的母亲……

在医院走廊里，和女儿、儿子、表妹等几个人待在一起时，倒没感觉多么悲伤。可能是在那扇门后有"还活着的"母亲，以及和这些"并肩"相依的"同志"们在一起的缘故。真的想像这样一直待在走廊里。不知道谁动了怜悯之心："我们都在这里的话，让外婆（姑姑）一个人待着未免太可怜了。"大家便仍旧轮流进入重症监护室。轮到我时，抬脚跨入病房的那一瞬间最为难受，因为母亲的面貌可怖到让人不敢直眼相看，这在前面已经多次提及。

没办法，我只能闭上双眼，在母亲的耳畔轻轻喊声"妈"后，又絮叨起很多往事。昨天在脑海里"走马灯"时，母亲的形象还如影像一般晃动着，可在今天的回忆场景里，根本一动都没动，完全变成了静止的海报。然而，在"诉说"的最后，永远不会变的是："对不起！""谢谢！"

我咬咬牙鼓起勇气用手机将母亲浮肿不堪的面容拍了下来，给大哥发了过去，并附上一句话："已经到极限了！"但始终没收到大哥的回信。

那天，嫂子和应幸一起陪父亲去了"一言"那里，下午很晚才来到医院。"一言"是母亲老家附近的葛城一言主神社，传说能够实现参拜者的唯一一个愿望，开车需要一个多小时。母亲但凡有什么事就会去那里参拜。嫂子这样做，大概是想从心里做个了结吧。

嫂子说："我跟爸讲，'妈的病情变严重了，拜一下吧'，结果爸就拜个不停。"

"然后呢？最后还是没能告诉爸？"

"嗯。太难了，实在说不出口。"

"爸的状态怎么样？"

"今天一直都很正常。虽然拄着拐杖走路比较慢，可从停车场到主殿的阶梯都是自己登上去的。午餐是在道路旁边的餐馆里吃的，天妇罗套餐吃了个精光。吃完后正要离开时，爸在收银台前把口袋摸了个遍要找钱包，最后朝我说'敏子，麻烦你先帮我垫一下钱吧'。"嫂子笑了出来。

应幸接着说道："姑父打以前就爱请客呢。"

"把爸送回家后才赶来。难得正常，要是现在把爸带到医院来，让他看到妈那副样子，还不得暴跳道：'这不是加代子，加代子去哪儿了？'肯定脑子又会变糊涂的。"

嫂子半开着玩笑，可我一点都笑不出来。不知是吹了哪阵风，嫂子突然又张口说道："我和你大哥结婚，其实是被爸妈吸引住了。我觉得妈比自己的亲妈还要亲。我很喜欢二老。

和你大哥订婚时，我不知道是不是真的适合和这个人在一起，曾经和你大哥分开过一段时间。那时候，爸妈约我到我工作附近的宾馆里见面，说是坐坐喝个茶，妈跟我说：'很遗憾你没能和我儿子走到一起，但我俩作为父母，还是衷心希望你能找到属于自己的幸福。'妈把我当作亲生女儿一般对待，我特别感动，那时就想，还是和你大哥结婚吧。"嫂子说话时，眼泪始终在眼眶里打转。

"好了！进去跟妈说一声，我们刚去一言神社回来。"嫂子说着，便走进了重症监护室。

侄子回国

傍晚，启乘坐的飞机抵达大阪机场，我和渚坐着琉美的丈夫山开着的车去接机。我想的是，要是我比嫂子早一步见到启的话，就能跟他说："哪怕就一刻钟，我也想让你奶奶早点解脱，帮我好好劝劝你妈。"能够阻止住嫂子"让妈尽量多活一分钟哪怕一秒钟"疯狂想法和举动的，只有启了。

"山怎么认为？"

"自然也那么想啊。"

在车里，山根本都没问我在想的是什么就表示认同，突然感到有点欣慰。

自从山和琉美结婚之后，我和他已经做了十多年的亲戚了。虽然一年只见一两次面，可是莫名对他抱有一种好感。三年前的初春，山的母亲去世，我们去三重参加了吊唁，当时的葬礼采用的是一般形式。琉美想着按传统惯例去扫墓、办法事，可山认为：每天心里想着就够了，不太看重形式。

40多岁的山从几年前开始做起了卡车司机。可能是工作的原因，他驾驶的车没有一丝摇晃。红灯亮前什么时候踩的刹车根本都没感觉到，却正好停在了停止线前。阪神高速上赶超左车道上的车时，什么时候加的速、何时变的车道也一点儿没有发觉。这种驾驶的安稳感就能彰显出他的人格。

山打开CD，前奏刚响起便立刻退了出来："不好意思，放错了……"那张CD名应该是《化为千缕风》，开头是"请不要伫立在我的墓前哭泣……"是新井满的歌曲。那一刻，我深深体味到了"心里想着就够了"这句话的深意，觉得父母去世时并不是我一个人才痛苦，稍得宽慰。

当汽车行驶到阪神高速11号池田线丰中立交桥附近的弯道时，渚突然喊道："看，飞行船！"

从车窗抬头望去，画着富士胶卷标志的飞行船轻轻飘浮在蓝天里。刹那间，我似乎感觉到，母亲的身体虽然还躺在医院里，但她的灵魂早已飞向太空，此刻正从那艘飞行船中俯身望着我。

启从华盛顿经休斯敦飞到成田，再转机回大阪。刚结婚不久并怀着身孕的妻子朋子也跟着一起飞到了成田，可是从成田到伊丹的飞机只有一个空位。到达大厅里人满为患，还是黄金周期间，很多人仍在享受愉快的旅程。启乘坐的飞机比预定时间早了五分钟，不，十分钟。"这都是奶奶冥冥之中的相助。"

启12岁前一直在大阪生活，几乎是由母亲照看大的。和母亲聊天的最后一晚，母亲回忆说："以前住在奈良时，大清早电话一响起来，我就紧张得不行。周六周天你大哥、嫂子、启从大阪来奈良玩儿，等他们回去后，周一早上总会接到你嫂子的电话，就像家常便饭，比方说'启发烧了，去不成幼儿园，妈快点过来帮下忙'。这时候我都会飞奔上阪奈道路，从奈良一口气跑到大阪。"

启还很小的时候，母亲差不多50岁，比现在的我还要年轻，是一位精力饱满又方便好用的"奶奶"。

启每年回三四趟国。就像"去去就回"一样，每次放春假或暑假时就拎着一个挎包回国，最多待两三天就回去了。每逢启回来，我们都会被母亲召唤回去，所以就感觉启并没有走远。去年12月，启突然回国，母亲又召集大家回去，可那时能够回去的只有刚被推荐进入大学而得闲的渚。谁知后来母亲莫名地开心："感觉很不错嘛！""瞧瞧这张照片！"照片上的母亲被两个高大结实的孙子围着，脸上溢满了笑容。"通过美国医生国家考试的启，已经定下来大学的渚，还有我这个年轻的外婆和奶奶。"我当时努了努嘴，说了一句颇讨人嫌的话："妈还真是乐天派啊！"

在人群拥挤、充满欢声笑语的到达大厅等启时，我不禁回忆起了这些往事。

一脸疲倦的启终于出现在到达口。

"辛苦了，很够呛吧？"

"这样的飞机，我还是第一次坐。"

"怎么了？"

"之前坐飞机回日本时都很轻松。"

我盯着启睡醒后略显凌乱的头发，说："你妈现在整个人都混乱了，你千万要冷静判断。"然后，我便把刚才发给大哥的照片给他看了看。照片上母亲的嘴里插着粗大的管子，脸庞浮肿，完全就像是一个陌生的人。启伤心地吐出了一个词："可怕……"

"在电话里听到的都不完整，究竟是怎么回事？"

我将一系列的经过都讲给启听，渚和山时不时地补上几句。

脚部形成的血块飞窜到了肺部，心脏停止运作。肺血栓栓塞症。心脏按压一小时左右，但并不起效。医生投用了溶解血栓的药物，但副作用引起其他器官出血诱发了致命伤。

"你们知道那需要花多少钱吗？咱们家有那个经济能力吗？"

"什么意思？"

"在美国，这种状态还想继续治疗的话，得是有钱人才行。"

"治疗费倒没想过，不过加了医保，个人也就负担30%吧。"

"日本的福利真好啊！70%都能报销。话说回来，我妈为什么要让奶奶维持这种可怕的状态呢？奶奶好可怜。"

"你妈说哪怕一分钟一秒钟也想让你奶奶活着，说是最起码要跟你见个面，净是这些。"

"为了我，让奶奶变成这样……我有责任。"

"对不起，我不是那个意思……"

抵达K医院后，启径直进了重症监护室。很快，当他肿着双眼走出来的一瞬间，大家都把目光集中到了他身上。只见启缓缓地抬起两臂，斜伸着，摊开手掌，歪着脖子，像外国人一样，意思很明晰："奶奶已经不行了……"

启跟着大家一起围着主治医生，记不清这是第几次说明情况了。可是主治医生脸上并未流露出丝毫厌烦，而是重新将情况介绍了一下。内容大概和昨晚相同，只是多了一个婉转表达。

"可以明确地说，患者已经进入了临床上的脑死状态。"主治医生眼眶下的黑眼圈仿佛比昨天更加明显了。

"妈，您下决定吧。"启说道。

　　从晚上10点半开始，逐渐减少药物投用量，最后摘掉人工呼吸器。

　　终于下了决心。

　　"妈，您可以解脱了，能够轻轻松松地走了⋯⋯"我泪如雨下。

　　"妈坚持这么久，终于见到启了，让您受苦了⋯⋯"嫂子亦泪流满面。

　　主治医生离开后，启小声说道："长时间卧床会产生血栓的。我在的那家医院，如果病人没有钱，入院时就会注射一种预防血液凝固的药。日本可能没有吧？"刚说完，启又补了一句，"不过现在说什么也白搭。"

　　正在那时，启的新婚妻子朋子也赶到了。我们还都是第一次见面。她目光炯炯有神，似乎很有主见。才25岁，比恭子大三四岁。身材修长，六个月身孕很明显。

　　"初次见面，很是对不住，累了吧？"琉美问道。

　　"不，没关系的。"

　　"你奶奶很盼着和你见面呢！"嫂子说。

　　"朋子还是不要见奶奶为好。"启担心地说道，"见到那个样子，肚子里的孩子会受不了的。"

　　"我也这样想。所谓心意相通嘛，奶奶肯定会谅解的。大老远赶过来，谢谢你。"我说。

临终

晚上10点半，护士出来喊我们："请大家进来吧！"大家，指的是嫂子、我、启、应幸、琉美夫妇、小舅舅妈和他们的女儿利纱，加上恭子、渚、前夫，一共十二个人。大家陆续进入重症监护室后，都围在了母亲的床边。床四周摆着刚好够所有人坐的折叠椅。我心想，这就是"在榻榻米上离世"的现代版吧。

"那么，现在开始逐渐减少药物投放。"

"好的。"

"大约还有两个小时。"

"麻烦了。"

大家轮番站在母亲身边，每个人都伏在母亲的耳旁，流着泪悄声低语。母亲的脸、手、脚，还有身体，比三个小时前看起来更加肿胀，样子恐怖至极，没有比这再让人心痛的了。然而用手触摸时，体温依旧。

"姑姑的身体还暖着呢。"琉美说。

显示器上的数字和曲线继续闪动着。

"那天我回病房取手机时，没有吭声，仅仅朝您后背摆了摆手就离开了，真的对不起！"

　　我又开始说这句话了，然后就是不断地重复"对不起""谢谢"这两个词。紧闭的双眼中浮现出母亲的形象，可惜早已变成了黑白海报。

　　瞬间，我的记忆"咔嚓"一下被切断了。

　　前两个小时的记忆完全变为空白，毕竟十二个人都围在母亲身边，肯定说过什么话，可一点儿都回忆不起来了。那段时间就像是被覆上了石蜡纸一般。

　　过了深夜零点，石蜡纸终于开始融化。不知道是动了哪根神经，应幸突然说道："我最后一次和姑姑聊天，是两周前了。姑姑给我打电话来，劝我每月多少要存点钱才好，比如每次存两万日元的话，一年就能存个二十多万，很了不得的。姑姑真的好单纯，我又不是不知道。"仿佛是有意想让大家听到，说完后，自己先苦笑了起来。

　　琉美接着应和道："可不是嘛，姑姑这辈子不谙世事，很纯粹。"

　　当我发现自己不再对话语中的过去式敏感时，却意外发觉，闪动着心电图的显示器发出的轻微"哔哔"声听起来分外鲜明。

　　渐渐地，"哔哔"声的间隔越来越长，到了最后，心电图完全变成了一条直线。

站在床头的主治医生从口袋里拿出手电筒，照了照母亲的双眼，又把听诊器放在母亲的胸前，看了看手表。

"零时二十八分临终。"

我似乎能感觉到，这句话仿佛是从天花板上直射下来，降落在母亲的身体上，又陡然升入半空。大家擦着泪，对主治医生表示谢意。

"谢谢。"

"一直承蒙关照，辛苦了。"

在耐心的主治医生、护士，以及除了父亲和大哥的其他家人的陪伴中，母亲永远闭上了眼睛。这下终于可以解脱了，一种安心感充溢胸中。

嫂子的泪声传入耳际："妈，您受苦了，这下可以无忧无虑地走了……"

没过多久，护士催促道："接下来我们会整理逝者的仪容，请到外面等候。"我们便走出了重症监护室，回到了走廊。走廊下有个护士站，和两个小时前一样，却感觉像是进入了一个完全不同的空间。"扑通扑通"，能够听到自己的心跳。我还在活着，今后还有将来，我还必须要活下去。

"今后怎么办？"小舅问道。

"'怎么办'？办什么？我该做什么好呢？"

"葬礼什么的。这都几天了，在干什么呢？"

小舅说得没错，可是，我这三天来根本无暇考虑"今后"。一边整理内心的悲痛，一边还要奔波于各个银行，去诊所向大伙儿报告，和嫂子、大哥"论争"……跟菩提寺打电话咨询，可能是应对"今后"的唯一举动。

"干什么？大家这几天不都很辛苦吗？"琉美一下子截住了小舅的"质询"。

"请各位家属进来吧！"护士喊道。大家又陆陆续续走进病房。母亲身上的管子全都消失了，插在嘴里的那根粗管也被拔掉了。然而，脸庞和双手的浮肿丝毫没有任何变化，嘴唇斜歪着。

"我们准备了临终用的水，请让逝者含在口里。"

护士把一次性筷子、棉球和装有水的容器递了过来。

"什么？"

"让逝者在前往冥界的途中不会感到口渴，这是以前传下来的佛教仪式。"

在科学最前沿的医院里，为什么有这种非科学的存在呢？那我是不是应该告诉她我们家信奉神道、基督教呢？我颇感不解。

寻找葬仪公司

接下来的一切让人措手不及。

护士说："请尽早办理退院手续。"可是，要把母亲送到哪儿，怎么个送法，一点儿头绪都没有。护士站的墙上贴着一张纸，上面记有灵车公司名称及联系电话。

"需要的话我们可以帮您联系。"护士说，"一般都是用灵车送回自己家里。"

话虽如此，可是这个"一般"在我家根本行不通。父亲一无所知，冷不丁地便将母亲的遗体带回去显然不合适。

嫂子说道："公寓也比较窄。我们先找好葬仪公司，直接送到那儿吧。"

"葬仪公司？我本来打算在寺院里办葬礼呢。"我回道。

想起来了。菩提寺住持太太曾告诉我，租借寺院的会馆需要四十万日元。加上葬仪公司，还有请念经大师的费用，到底需要多少花费，我算都没有算过。

"妈的存款，这不，加起来也不过一百七十万日元。光会馆租赁费就得四十万日元，无论如何这点钱都不够折腾。那家寺院说这也贵那也贵的，妈一直都糊里糊涂的。没必要非在那家寺院里办，找个一般的地方怎么样？”

"一般的地方？"

"不是有很多嘛。什么会馆来着。附近樱川就有，很多地方都能看到的。"

在场的好像只有我一个人不太满意葬仪会馆，认为它徒有形式，但因为没有其他的选择，便觉得嫂子的话也很在理。

"都这个时候了，比起办葬礼的会馆，是不是先找葬仪公司更要紧？"小舅妈插进话来。

啊，葬仪会馆和葬仪公司难道不一样吗？比如，我家附近有家千里会馆，并不是葬仪公司吗？脑子里乱成了一团。那我之前去的葬仪会馆，比如千里会馆、枚方会馆，还有西宫、神户、京都、草津、奈良……那些葬礼仪式上都有很多人出席。

不过数月前，我也曾参加过一场极小规模的葬礼。那是一直以来被我尊为老师的月刊《SEMBA》总编辑广濑丰先生的葬礼。会场设在平野区瓜破大阪市营火葬场兼营的一个昏暗狭小的房间里。没有请念经大师，只有一位香颂歌手在场，他曾是广濑先生晚年的朋友，清唱了两三首香颂曲子。当棺盖即将合上时，广濑先生的长子随便说了一句："爸，您到了那边后，跟妈说一声，大家都过得很好。"当天列席的有广濑先生的好友某服装公司的老板，以及曾在朝日新闻工作过的一位朋友，广濑先生的长子、次子一家人，连我在内只有六个人。

在葬礼结束回去的路上，我们三个人在天王寺转运站前的居酒屋里，一直痛饮到末班电车发车前才解散。服装公司老板重复了好几遍："葬礼是不错，可终归有点寂寞啊！"

原朝日新闻的朋友跟着说道："还记得吗？十五年前在广濑太太的葬礼上，我还念了悼词。今天这场葬礼没法和那时比。有些话还是想跟广濑先生念叨念叨啊！"

广濑先生生前也是享有盛名的人。就在一个月前，他喊上我们三个，召集了八十多个人，在中津的一家酒店里办了场追忆会。

广濑先生的葬礼都可以这么简省，那给母亲办个小型葬礼也不是说不过去，虽然"有点寂寞"。

要是请医院介绍灵车公司，运到哪里才合适呢？葬仪公司？葬仪会馆？到底如何是好呢？突然，"家族葬"这个词闪现在脑海。广濑先生的葬礼不正是一种家族葬吗？——今天家族葬虽然早已平常化，可在当时还不怎么为人所知。

"妈之前也说过，自己走后不需要办什么隆重的葬礼。家族葬应该就属这类吧？听起来很有人情味。"我开口说道。

"是啊，这段时间老是听到这个词。我虽然没有参加过，但听起来不错，让人感觉亲近，好像还很便宜，就这样定吧。"嫂子表示赞同。我们都还不清楚家族葬到底是怎么一回事，就擅自凭印象决定了。

　　医院说，如果是到第二天早上的话，可以把母亲的遗体暂时放在太平间。护士推着载有母亲遗体的担架床走在前面，我们也跟着往太平间走去。太平间设在地下室，深幽寂静，弥漫着一股浓郁的线香味道。母亲的脸上被蒙上了白布。大家便在这里聊了起来。

　　那个时候谁都没有智能手机。应幸的妻子多佳子要照顾上小学、中学的两个孩子，所以在家等着。我们便给她打了电话，请她上网搜了一下大阪市内有关家族葬的信息。

　　"'致在大阪市内寻找葬仪的人：经验丰富，家族葬一条龙服务'，费用有写三十万、四十万日元的。有三家看起来不错，好像很划算。"

　　如今打着"家族葬"招牌的葬仪公司应有尽有，可当时在大阪只有三家。

　　嫂子在给大哥通电话的时候，我根据多佳子查的信息，一一打电话联系了这三家公司。

　　"我们尽量按照您的要求来办理。"

　　这时已是深夜两点。A葬仪公司的接待态度让人感觉最不错，听起来不带铜臭味，显得真诚可信。这种直感有时准，有时不准。

　　"如果您方便，麻烦告知一下时间和地点，我们立即上门拜访。"

我便请他两小时后来父母的公寓。

小舅一家已经回去了。我让恭子和渚姐弟俩留在了太平间，其他人则都回到了父亲的公寓。我也解释不清当时为何会这样决定，只能说脑子无比混乱。

"就我俩留在这里？"

"那可是你们的外婆啊！"

这个决定很残酷。夜晚的太平间，"似乎能听到幽灵的脚步声，那种恐怖感简直无法形容"，恭子和渚因为害怕而发抖到天亮。这些都是翌日清晨才听说的。

葬仪场所

当我们回到公寓时，已过凌晨3点。可能是人多的缘故，父亲双眼惺忪地起来了，笑着说："哎呀，哎呀……"做手势招呼我们到跟前去。

"这会儿说？"

"不，早上再说吧。现在说的话，爸肯定睡不着了。不说就什么也不知道，能安心睡到天亮呢。"

父亲似乎忘记了刚才的举动，又折回了卧室。

"跟谁联系？诊所？还有妈的朋友？"

"妈的朋友，你知道的都有谁？"

"南口阿姨、竹田阿姨，还有念女校、学习英语会话时的朋友，还真不少。"

"电话号码呢？"

"应该有通讯簿吧，一起找找。"

"家族葬需要通知朋友吗？"

"家族葬，就只有家人吗？"

"嗯，大概是。可是，如果不言一声，事后问起来可能不太合适吧？"

说来说去有点啰唆，对于概念先行的我们来说，还没搞清楚家族葬究竟是怎么一回事。

凌晨4点多，A葬仪公司的工作人员打来电话："我们到楼下了。"

"家里不方便，没法请你上来。请等一下，我们这就下去。"如果父亲醒来看到葬仪公司的人出现在家里，那就糟糕了。

我和嫂子在公寓前和A葬仪公司的人碰了面。对方是一名30岁左右的男性，穿着深蓝色的薄西服，面容清秀。这个时间点特地赶过来，我仿佛看到一束光芒从他的身后升起。"请节哀。"看到对方低头致意，我莫名感激起来。

可当对方递过来名片时，我不觉在心里"啊"了一声，A葬仪公司位于大阪府内东南部的某个市。帮忙调查的多佳子说过网站上没有写公司地址，加上忽略了网络就是那么一回事，所以当拨通免费咨询电话时，就没有问对方具体地址。对方说"西区南堀江的话，三十分钟就能赶到"，便贸然断定是大阪市内的葬仪公司。或者是，擅自把对方想成了和我以及父母有地缘关系的北摄的葬仪公司。可是，大阪府内东南部的市区和我家没半点因缘。"这下可麻烦了！"我在心里暗暗叫道，可事到如今，没办法再撤回了。我和嫂子钻进对方开来的白色轿车里，坐在后排座位上，请他详细介绍了一下情况。

菩提寺的会场租赁费四十万日元，比普通葬仪会馆要贵一倍多。葬仪会馆是由各自的葬仪公司经营的。大阪市内火葬场也兼设葬仪场，可是无奈人气很高，根本没有空档。葬礼除了支付给葬仪公司的费用，会场租赁费以及给菩萨寺的费用等都是另算的。还有，A葬仪公司"家族葬"的套餐费里，还不包括葬仪公司外借的灵车租赁费、面包车费、餐费、回礼费等。

这些事情都是经对方介绍后才了解的。虽然怀疑对方的广告是不是有虚假成分，打算重新寻找其他的葬仪公司，可想到医院"只能待到早上"的规定，"过了早上，母亲就没有去处了"，而且眼前这位男工作人员看起来诚心诚意……

他先把A葬仪公司所辖大阪府内东南市区的葬仪会馆都推荐了一遍，可是若将告别母亲的场所安排到没有任何因缘的地方，母亲未免太过可怜与孤单。

"我们家祖坟所在的寺院位于北区，户籍在西区，我母亲的活动范围也是从西区到淀川区……"

"那北区北斋场并设的葬仪场应该很合适。"对方说完后便立刻帮忙打电话询问，可惜四天内都安排得满当当的。

"等不了四天。我们想赶紧把母亲运出来，今晚就守灵，明天办葬礼。"

之所以如此着急，无非就是想到母亲即将失去安身之地。何况嫂子提过，等长假结束后，5月7日公司有重要会议，没办法请假。那时的我们即便被指责想法短浅，也认为"第二天必须火葬"是火烧眉毛的事情。

正当我们进退两难时，公寓停车场一角的集会所闯入眼帘。

"啊，那里就可以呀！"

建筑尽管有点旧，但在这里至少能办一场并非空有其表的葬礼。

"还真是，就在这里办吧。"

瞬间做出了决定。

"可是，我从来没有见过在集会所办葬礼的。你见过吗？"

"没，好像常用作教孩子们写字、补课之类的教室。"

"办葬礼没关系吧？"

"应该不是不可以。"嫂子断然说道，"等管理人的办公室开门后，我立刻就去谈。"

现在想来，如果就只有关系比较近的人，在自己家里办也是个办法。虽说地方狭窄，但客厅有二十张榻榻米大小，把沙发挪到房间的话，应该能够放得下棺材。不用摆祭坛，花瓶里插上花意思一下就行。挤挤的话，家人、亲戚还是能够站得下的。可惜当时根本没有想到这些。

"我母亲的脸因为药物副作用肿得特别厉害，能不能想办法恢复到原来的样子呢？"我向A葬仪公司的人问道。

"听说在美国很普遍，大家都这样做呢。"嫂子补了一句。

"很遗憾，日本现在还做不到。"A葬仪公司的人没有丝毫犹豫。

"至少脸部能不能想想办法呢？"

"比较难。做这类工作的专业人员不是没有，但很少。如果要拜托这类专业人员，至少要提前一周预约。"

既然需要这么长时间，自然不在考虑范围内了。

"帮逝者洗浴净身怎么样？我想令堂会很欣慰。再化一下妆的话，应该能够掩盖脸庞的浮肿。"

洗浴净身的费用好像是七万日元。"跟寺庙的四十万日元会场租赁费相比的话，还算便宜，就请他们做吧。"嫂子建议道。

"那么，我们就把令堂接到鄙公司来，在集会所准备妥当之前，可以一直放在我们公司。在这期间我们会帮令堂洗浴净身，家属可以到场，您觉得怎么样？"

"要我们去公司？根本没有那个工夫呀。就全拜托你们了。"

"明白了。"

我们从A葬仪公司的宣传手册里选定了"计划40"这一方案。包括鲜花祭坛、遗照、灵车、棺材等在内，共四十万日元，是家族葬内相当经济的一个方案。虽说一切谈下来都很顺畅，可是有些地方也不知道如何是好。比如说，这一方案里祭坛上摆的鲜花是黄白两色的菊花，但我想选紫色的土耳其桔梗和白色紫罗兰搭满天星等。可嫂子干干脆脆地下了判断，说是不要浪费钱，原定的花束就很适合这种经济节约型的葬礼。

"奠仪怎么办？"

面对这一问题，我和嫂子都没有半点迟疑："不收。"

那时，关西一带"拒收奠仪"的葬礼已流行了五六年。据说是京都的老师们以"废除虚礼"为目的而开始提倡并逐渐流传开来的。在此之前，生者逝世"四十九天"后，收到奠仪的一方要把相当于奠仪一半价值的礼品返还给送礼的人。"拒收奠仪"无疑把人们从这种繁缛的礼节中解放了出来。我自己也参加过好几场不收奠仪的葬礼，作为前去吊唁的一方，坦白说，这样确实省事又省心。

"虽说不收奠仪，但举办葬礼的一方也应该送些礼品给前来参加守灵或是葬礼的客人，略表心意。用不完的话可以退。"

经A葬仪公司一推荐，我们便订了三十枚一千日元的购物券。

在关西地区没有招待前来吊唁的客人的风俗，但是家属、亲戚在守灵以及葬礼、火葬后的"头七法事"结束后都要聚餐。A葬仪公司的宣传手册里有外卖的菜单，可是我们觉得那些看起来不怎么样还很贵。"要是这些的话，还不如到关西超市买些寿司回来，好吃又实惠。"我和嫂子的看法一致，所以餐食就没有拜托葬仪公司。

可即使是这样，把洗浴净身、灵车、面包车的费用，还有规定的小费等加起来，也需要674500日元。

告知父亲

5月4日早上7点。父亲起床后，嫂子和我，以及表弟应幸、表妹琉美夫妇，还有启，都围在了父亲身边。

"哦，放假了？都回来啦？"父亲坐在客厅的沙发上，面带微笑地望着启。

"爷爷，您仔细听我说。"启率先开了口。我想，可能是再要强的嫂子，也不敢亲自讲出口吧。

"我只好代爸来说了。"启替大家背负了这一艰难任务。

"奶奶她，昨晚，去世了……"这几个字好像是从启的牙缝里挤出来一样。

父亲一脸惊讶。

"奶奶不是因为烫伤住院了吗？医生也看过了。但身体状况突然恶化，心肺衰竭，就那样走了……"

父亲的脸上转瞬蒙上了一层乌云，身体也变得僵硬起来。只听见一个微弱的声音传了出来："我听不懂你在说什么。"

"您听我说，爸，妈昨天晚上停止心跳了。"嫂子的声音听起来异常清晰，她接着说，"您忘了吗？前天去一言神社时，我跟您说过妈的状况有点糟糕。那个时候还不是很严重，谁知昨晚心跳突然就没了。"

接下来的短暂时间里，父亲依旧僵硬着身体，目光涣散，呆呆地一动也不动。本以为是认知症发作，可随后又渐渐地回过了神来。

"你的意思是……已经死了吗？"

"嗯……"

"就是过去人们说的心脏病发作吗？"

"是的，就是那么一回事……"

我没有勇气直视父亲望向我的眼神，一直低着头，一边低着头，一边小声回道：

"爸，对不起……其实昨天，还有前天，妈的状况不断恶化，可就是无法跟您开口讲。对不起……"

父亲的嘴巴绷得紧紧的，久默不语，好长一段时间没有说半句话。

与父亲相濡以沫五十八年的母亲的死，就这样直截了当地告诉给了父亲。父亲甚至都没有问起母亲烫伤住院后的一系列经过，他应该发觉到这三天只有自己被蒙在鼓里。如果放在三年前，父亲定会对我们大发雷霆："为什么只瞒着我？究竟怎么回事？！"可如今，父亲早已失去了发脾气的力气。

长久的沉默之后，父亲终于张开了口，说出了和刚才几乎一样的话："加代子走了啊……是过去人们说的心脏病发作吗？"声音嘶哑，近乎绝望。

"是的，爸。我们这就要准备葬礼，您什么也不用操心，放心交给我们来办就行了。"嫂子像是哄孩子一样安慰着父亲。

我们在医院不知流了多少眼泪，却残忍地剥夺了父亲流泪伤心的机会。当我意识到这些时，已经是很久以后的事情了。

戒名

之后，我直奔回家，用家里的固定电话先联系了菩提寺。

"我母亲昨晚零点二十八分临终，今晚守灵，明天办葬礼。本来想在贵寺里办，可出于各种情况，最后决定在公寓的集会所举行。"像是通知。

"公寓的集会所？你的意思是，日程也定了吗？"电话那端传来的住持太太的第一声，在我听起来似乎有些不满。

事后我才知道，一般应该是先和菩提寺商量，然后再定葬礼日程。我们根本没有遵从规则的意识。

"是的，已经决定了，也和葬仪公司的人联系过了。本来是想连守灵带葬礼都在寺院里举办，可您之前不是说需要四十万日元吗？我们家实在没有那个经济能力。"

我的措辞可能有点顶撞。

"不在葬仪会馆也不要紧吗？"

"嗯，在集会所办场简单的。"

"从没见过这种急法。"

"我们家有自己的苦衷。"

"虽然你这么急，但是住持今天已经有其他安排了啊！"

“其他的大师也可以，请谁来都没关系。”

我知道，菩提寺里有好几位僧人。

“可是，您奶奶的葬礼是前代住持负责的，法事也都是住持主办的呢！”

“我知道，但没关系。实在对不起，我们也是迫不得已。”

“令尊是这么交代的吗？”

“我父亲患有认知症，根本无法判断。”

“咦？去年我跟令尊见面时，感觉跟常人没什么两样啊！”

“突然就糊涂了。虽然不好意思说，其实我们家现在真的不怎么阔绰。无论是经济上还是观念上，都和之前的大内家不一样了。大哥在美国回不来，这之后我们还得照顾父亲。母亲走后，诊所也很难经营下去了。我们自己都是紧巴巴的，没法在葬礼上花大钱……”说着说着，泪水如瀑而下，怎么都止不住。

父母辛辛苦苦将我们养大，不知道付出了多少感情，花了多少钱，最后却落得个这样的结局，我们连在寺院里为母亲办一场像样的葬礼都做不到。女儿看我哭得伤心，便递给了我一条毛巾，反惹我哭得更厉害了。不仅仅是葬礼，现实来讲，我们看不到经济上、心情上有什么“未来”可言。接下来照顾父亲的事情该怎么办才好呢？

“突然问可能有点那个什么，守灵及葬礼当天请大师来的话，需要多少费用？”我问道。

　　住持太太没有直接回话，而是说先得念《枕经》。

　　"《枕经》？是什么？"

　　就是人走之后需要立即在逝者枕边念诵的经文。听完住持太太的解释后，我立即回道："省掉就行。"

　　"咦？省掉？根本没这一说，交给我们来做就行了。"

　　"哦。"

　　"这个需要花多少钱？"我的脑子里净想着钱的问题。

　　电话那端的住持太太又说，必须得起个戒名。

　　"必须得有吗？"

　　"戒名是这么一回事……"住持太太又开始解释起来。

　　"人去世后就会成为佛祖的弟子。戒名啊，就是彰显德行的名字，是成佛必不可缺的。加代子这个俗名在佛祖的世界里是不通用的……有了戒名后，才能成为先祖中的一员。没有戒名的话，我们寺里的往生簿上是不给记录的。"

　　戒名费据说有七十万日元、五十万日元以及免费三种。

　　"差别这么大？我明白了，免费的就可以。我们家真的没有钱。"

　　"这样的话，就不能和先祖们保持平衡了呀！"

　　"平衡？"

　　住持太太便又讲起了人死之后的"等级"。

　　七十万日元的戒名为"○○院○○○○居士"，女性为

"大姐"。院号是称颂生前德行的尊称。"居士"前面的四个字中，前两个字是表示正式进入佛界，后两个字则是作为佛祖弟子使用的名字。五十万日元的戒名不加院号，等级要低一些。免费的就更不用提了。

"贵宅的先祖们每个人都有院号……"

"人都走了，还分什么等级？真奇怪！"话冲到了嘴边，但想想说了也是白说，便又咽回了肚里。

"没关系，麻烦您定个免费的。"我说。

"我们家可不是做生意的！贵宅只有您母亲这样，真的没有关系吗？"住持太太一而再再而三地询问道。

我便将自己的意思重述了一遍：守灵、葬礼上请的大师不是住持也没有关系，希望尽可能节省费用，一切从简。

"我知道了。看来您已经打定主意了……两天三十五万日元左右吧！"

声音听起来明显不满。

她肯定会认为："最近不讲常识的人真难应付。"

母亲的朋友

跟菩提寺通完电话后，我又联系了诊所的牙科助手太田先生，并翻开母亲的通讯簿，跟几位我多少见过几次面的朋友打了电话过去，一一告知了母亲的死讯。虽然才和嫂子讨论过既然是家族葬就不需要通知其他人，可是翻开通讯簿后，又想："不，至少应该告知这位。"结果就写了好几个人的名字。

"天哪！不可能！"

大家的反应几乎一致。母亲的朋友大多和母亲年纪相仿，但声音听起来都很年轻。

"4月29日烫伤……"我将一系列经过讲给每个人时，大家的质问接连不断："为什么？""血栓飞窜？""经济舱症候群？""为什么偏偏是大内太太呢？"每一通电话都拖了很久，聊到最后时大家都问道："守灵、葬礼打算在哪里办呢？"

"就在公寓的集会所，不过我们打算办场只有家属参加的家族葬，请您不用挂怀。如果不给您说一声显得礼数不周，所以请原谅冒昧和您联系。"

意思就是，我母亲走了，但是不需要您来参加葬礼。现在回想起来，这样做相当失礼，打电话本身就很矛盾。

"那至少请允许我发封吊唁电报过去。"大家都这样说。我还从这些通话中，了解到母亲逝世前的一些情况。

原来，母亲从今年年初就特意跟很多人联系问候过。之前来诊所工作的一位女钟点工，因为和副院长发生了点矛盾，不到一年就辞职了。母亲专门给她打电话："过得还好吗？"

三月份，母亲还在家里款待了去年辞职的年轻医生和他的新婚妻子。

三周前，母亲竟给久未联络的四国亲戚，还有箕面市的远房阿姨也都打了问候电话："最近还好吗？"

两周前，母亲还去参加了在奈良县五条市举办的女校同窗会。"大内太太自己开车从大阪赶过来了呢！我们都说：'加代子，你肯定比谁都长寿。'当时我还看着她很利索地开车回去呢，真是想不到。"说这话的是住在奈良县东吉野的寿美阿姨，她是母亲的发小。我从未见过她，但每到秋天，母亲都会将个大鲜红的甜柿分给我一些，说是"你寿美阿姨送的"。"从老家的小学升到五条女校的只有加代子和我两个人。每次从女校回家时，我俩都会坐在田头的坡上聊天，能一直聊到天黑呢。"寿美阿姨在电话的那端说着。

这些全都是我所不知道的母亲的世界。

儿子渚回忆说，母亲三月份两次约他单独见面。一次是为了庆祝升入大学在寿司店请他吃寿司，一次是在神崎川的高尔夫球场打了半场球。"还有……我一直没跟老妈提过，我刚一个人住在京都时，有一次外婆做了很丰盛的便当，有炸牡蛎、照烧鰤鱼、大寅家的鱼糕，还专门给我送到了京都车站。"这些渚都跟我"坦白"了。

昨天，寺庙里的住持太太说："人打来到这个世上，何时会走都是有定数的，走的时候就意味着尽其天寿了。"应该就是这么一回事。我想，母亲在临终前的短暂时间里，跟亲近的人打招呼，甚至照料到自己的小孙子，可能是不自觉地意识到自己天寿将近了吧。

结果，那天到家后的五个小时内，我一直抱着电话说个不停。转眼间就该去守灵了。我急匆匆地冲了个澡，换上了丧服，看到镜子里的脸憔悴得不行，赶紧涂了层粉底液，将足够两三天换洗的衣服塞进包里后，便让女儿开车。当返回南堀江时，已经是下午3点多了。

离情万千

早上，A葬仪公司的人将母亲的遗体从K医院运到了公司，在那里帮母亲洗浴净身后，又换上了我们提前选好的浅黄色捻线丝绸和服。上完妆，将母亲的遗体装入棺材，下午4点半时又运到了集会所。

躺在棺材中的母亲终究令人无法直视。脸庞肿得厉害，不用说我们，估计母亲自己也不愿意让别人看到。更何况，母亲还在住院时就不希望被人看到自己的那副模样。现在的状态比那时更要糟糕。为了遮盖烫伤的痕迹，脸上擦了厚厚一层粉底，皮肤白得有些夸张。脸颊抹上了腮红，肿胀的嘴唇也涂上了鲜红色口红，在惨白肤色的映衬下显得格外刺眼。

"这家葬仪公司看来不懂什么审美。"看着皱眉小声抱怨的琉美，我也不由得叹了一口气："没有办法，本来还指望葬仪公司能够做点什么……"

"可能是洗了澡的缘故，手脚的血色好像活泛了一些。"嫂子挤出了这句不知是讥讽还是表扬的话来。琉美建议用蕾丝手绢将母亲的脸遮上，我很赞同，因为实在无法接受母亲现在这般可怜的模样。

灵魂变成了什么，根本无暇去想。心脏停止后，人的躯体就变成了物。不知道痛，也感觉不到痒，没有愉快，也不会伤心，作为"人"其实早已不存在。想到这些，我仿佛不再觉得母亲好可怜。我开始试图理清脑子里乱糟糟的线团。母亲曾经很优雅。我拼命去回忆母亲漂亮时的模样，而不是眼前这般情形。美好的回忆数不胜数。我拼命安慰自己：已经变成物了，没有关系；不去看，也没有关系。

在集会所举办的葬礼，最终变成了类似于家族葬的形式。之所以加上"类似"二字，是因为我们最后也没弄明白家族葬的真正含义。

守灵时大师前来念经，不是我唯一熟悉的《般若心经》，而是冗长无比的经文，经文的题目、含义我一点也不了解。那时我并不知道，守灵及葬礼上念的经文是为了将死者送往佛教中的彼岸。我所做的，只有久久地双手合十，聆听犹如咒语般的经文而已。

到场的人，除了家属、亲戚十五个人之外，还有启的新婚妻朋子，四位专门从德岛鸣门赶过来的父方亲戚，五位嫂子老家的亲戚，诊所的六位新老员工，三年前频繁来诊所帮忙的父亲的大弟子T先生和牙科护士，在诊所工作过的两对医生夫妇、与诊所常来往的器材店老板、技工负责人，以及负责诊所会计工作的木村。母亲的朋友南口阿姨和竹田阿姨也特意从奈良赶了过来。之前我打电话时交代过她们不必挂心，但她们坚持说："没有不去的道理。"公寓里也来了几个人，母亲常光顾的按摩店女老板也来了，加起来将近五十人。

大家都上过香后，启的一位住在附近靠打零工生活的小学同学松也穿着便装来了。他上了香后，很怀念地聊道："我上小学时经常跟启一起去奈良，还留我过夜。爷爷奶奶总会塞给我俩一人一千日元的零花钱呢。"

是的，像松这样和母亲有关联而我们却不知道的人，估计还有很多。可是我们慌里慌张办了这么一场过于简素的葬礼，不免又觉得让母亲受委屈了。集会所这个地方很煞风景。虽说没有钱，但想想办法的话应该能办得再体面些。每当想到这些，我都很心痛。

"妈，真的对不住您！"

摆放着鲜花的祭坛在，棺材在，里面躺着面容凄惨的母亲。容颜干净也好，脏污也罢，甚至灵魂也无所谓。

然而，我感觉母亲仍旧尚未离开。我仿佛看到，一身整洁的母亲正从天花板上注视着这个守灵的空间，恍惚听到母亲关心我的声音："这样就好，这样就好。理津子，你好好吃饭了吗？"

"妈，别看渚烫了个那么浮夸的发型，他哭得很厉害。今天早上他还跟我说：妈，我觉得自己这一生的眼泪昨天都流光了，葬礼时估计都流不出来了吧？可您看，他现在……恭子已经长大了。那孩子现在穿着找工作时在'洋服的青山'买的西服，戴着借您的项链。"

等我回过神来，才发现自己正仰着头，像是对着"天花板"上的母亲聊天一样，絮叨着儿子渚和女儿恭子的事。

"爸的丧服您看行吗？爸瘦了不少，裤腰变得很松，琉美特地安了吊带才好歹穿上了。爸应该要比我们伤心几百倍，可就是忍着不哭。妈，您一定要保佑爸啊！"

守灵当晚，我和琉美、应幸一家就待在集会所里。

手机收到一条短信，是我常去的一家酒吧老板发过来的："理津子，在做什么呢？今天来玩哦！"我平静地回道："对不起，实在不行。今晚我要为我母亲守灵。"

"这是姑姑的最后一晚，我们都陪在她身边吧。"琉美建议。

"没想到最后变成这副模样，很可怜，但妈凡事想得开，应该不介意吧？"我说。

"是啊。姑姑很偏袒你呢。"琉美接道。

"偏袒？……"

"大哥和你不管做什么，姑姑都说好。"

"我妈说过这些？"

"不用说也很清楚。净是表扬。"

"也表扬过琉美呀。说你有眼光，心思细腻，体贴周到。"

"那是我被姑姑'调教'出来的，必须得多注意。"

"调教？"

"我们借住在姑姑家里，总得考虑到姑父的心情。姑姑总是说，姑父吸烟的话，就要及时把烟灰缸递过去。那时我还在上中学，曾觉得好烦……"

"你不说的话，我还真都不知道。"

就这样，我们在棺材前聊了很久。但不管怎么说，因为前一晚没怎么睡觉，所以过了11点后，身体实在快撑不住了，便想眯一会儿，结果就睡过了头。

睁开双眼时，窗外已经大亮。我恨透了这种明亮。读高中时在月考的前夜，想要临阵补习功课时，经常是刚坐在桌子旁就睡过去了，第二天早上醒来时一脸愕然："糟了！补不回来了！"每逢这个时候，母亲总是会嘲笑我。眼前的情形和高中时完全一样。明明时间有限，却总是任其白白流逝，让人懊悔不已。

5月5日上午10点举办葬礼时，我穿着母亲的和式丧服，只是想向母亲说："妈，您看。"守灵当晚来的人也都出席了葬礼。再次聆听大师念冗长的经文，轮流上香。

"这样就没什么遗憾了！好歹一切都很顺利。见到了启，还从离家最近的地方送走了。爸看起来也很明理。您说是不是，妈？"嫂子像是说给自己听似的，同样的话重复了两遍。

葬礼的最后，父亲拿起了麦克风，我们都很惊讶。

"加代子生前很喜欢热闹，今天大家聚在这里为她送别，我想她一定很欣慰。遗憾的是，她比我走得早，但这就是她的人生吧！这让我想起了很多往事，也请大家多多回忆，不要忘记她。再次感谢！"

正常得不能再正常。刚才从家里到集会所时，父亲还对着在一旁帮忙搀扶的渚问道："您是哪家诊所的医生呢？"两下对比起来，简直让人难以相信。

启乘早上的飞机去了成田，没有来得及参加葬礼。当时正是一生只有一次的就业黄金时期，第二天安排的有第一志愿纽约医院的第二轮面试。启说："这次面试我就不去了吧？"可是嫂子劝道："绝对不行。你奶奶肯定不希望你放弃。"清晨，启来到棺材前，对母亲说道："虽然离情万千，但我还是要回美国去了。"我说："'离情万千'这么艰深的词语，亏你还知道呢。"启笑着说："每次奶奶来美国，要回日本时，她都会在洛杉矶机场里这样说。"

去火葬场时，嫂子抱着牌位和父亲一起乘出租车过去，我则抱着母亲的遗照坐在灵车上。"您想走哪条路呢？"司机问道。我便跟他说了详细的要求。

通过新浪速筋，在土佐堀三丁目右拐，走不远后就上土佐堀通，再在和浪速筋的交叉口处左拐，从中津一直开到天六。——这是母亲往返诊所时开车常走的路线。

"妈，您能看得到吗？"我向着车后摆着的棺材搭起了话。

"看，光洋超市。您总说，这儿的鱼比关西超市里的新鲜。"

我的脑海中突然浮现出两手提着超市袋子的母亲每次看到我都会露出笑脸时的画面。窗外的风景随着车子的移动不断映入眼帘，我不停地指给母亲看。

"啊，这会儿过了阿波座的交叉口了。要经过Casa土佐堀前面了。谢谢您！Dorumi堂岛也看到了吧？还有关电公司和关电医院，妈虽然不喜欢这里，但为了给我们看病来过很多次。谢谢您！"

我还单身时父亲给我买的公寓就在Casa土佐堀，大哥刚结婚时住在Dorumi堂岛一带。父亲曾兼任关电医院本部的牙科医生。我生两个孩子时都是在关电医院，最近数年里父亲还在这里住过几次院。这条路沿途充满了母亲的"日常"，好几处地方都和我家有缘。

"能看到NCB吗？您60岁生日时，就是在那里办的寿宴，您还即兴做了首俳句，大意是很高兴第一次成为宴会的主角。对不起，五七五的原句我不太记得了。啊，刚才通过了Hotel Plus。从那里左拐上去的话就是十三①，您常沿这条路开车来家里看我呢。只是很对不住，您每次来我都没什么好脸色。"

十三是我结婚后暂时住过的地方。

"我还以为妈能活到100岁，不管是开车、打理诊所，还是照顾父亲，妈都能一手包办呢。您觉得苦的话，为什么不多吐吐苦水呢？您总是对我们客气，是不是想说的话每次都只说一半啊？不过，妈这辈子应该还不错。是吧？这一生过得很开心。只是这三天委屈您了，葬礼也有点寂寞，还请您能够原谅。"

我知道司机能听到我的说话，却一点都不在乎，对着躺在棺材里的母亲说个不停。这二十分钟里，我一边哭一边说。

到达北斋场时，我看到父亲趔趔趄趄地走着，嫂子和琉美各在一旁搀扶着。

在火葬炉的前面，大师念着经，我们上了香。火葬场的

---

① 译者注：大阪市淀川区西南部的地名。

工作人员将一只碗摔在地上，棺材被送进火葬炉后，炉门缓缓关闭。"火葬开始"的按钮摁了下来。

　　最后的这段时间，我感觉就像是在慢节奏的影片中，顺其自然而进行。

第二章　父亲

母亲葬礼之夜

　　从火葬场回去的路上，说不出是什么心情，总感觉和悲伤、寂寞、痛苦等有些不同。如果非要用语言来表达，大概就是空虚吧。刚刚过去的这几天，仿佛置身于类似节日的喧闹与骚动之中。现在，这种喧嚣就像线香花火熄灭一般，终于要进入尾声了。我抱着骨灰盒，和嫂子、恭子、渚、应幸，还有琉美一家人，陪着父亲陆陆续续回到了公寓的老家。

　　"我本以为会比较那个来着，但好像并没有。"嫂子说道。

　　"是啊，我也没觉得有多么那个呢。"我说。

　　嫂子口中的"那个"，和我想的"那个"，应该指的是一样的吧。母亲永远离开了这个世界，本以为会发生天翻地覆的变化，可谁知，今晨蔚蓝的天空到了下午依然澄澈，去火葬场以及回来的路上，两旁的街景也毫无变化，绿化树还是以同一个模样生长在同一个地方，交通信号灯依旧黄绿红三色不停地变换闪烁。

　　骨灰盒像是抱着又像是没抱着，按下电梯的按钮，电梯门照样打开。就是这种感觉，嫂子和我都不能准确表述，便不约而同地用了"那个"来代替，但也完全可以心领神会。这几天发生了很多事，我和嫂子一起陪着母亲，仿佛早已成了"战友"。

父母，不，从今天起，就是父亲的公寓，里面一片狼藉。卧室的橱柜仍旧敞着，是帮父亲找丧服时打开的。我因为要穿母亲的丧服，拉开了和服箪笥的抽屉，收纳和服的贴纸一角被夹在了抽屉缝里。翻找存折还有其他各种资料时，桌子的抽屉、壁橱统统被打开了，还没有来得及合上。东西散乱得到处都是。十多个人进进出出，又是搁行李，又是放换洗衣物，乱成这样也是没办法。

琉美帮父亲换了衣服。如果此刻时间能够停摆，那么将来的事就用不着去多费脑筋了。如果能拿这个杂乱的屋子换来持续迸溅火星的线香花火，那该多好啊……

没过多久，A葬仪公司的工作人员抱着一个大纸箱来到了家里："请允许我在这里布置一下新佛龛。"

"新佛龛"？我第一次听说。据工作人员解释，为了满中阴、四十九日之后顺利成为"先祖佛"中的一员，需要给刚过世的亡者布置一处不同于普通佛龛的"新佛龛"。这个是包含在家族葬方案里的。

"请问可以关上佛龛的门吗？"

嫂子一边关着门，一边说："哦……还有这么一说。"我们急匆匆地把散乱在房间里的提包、纸袋、衣服都暂时移到了客厅里。在佛龛前好歹空出的一小块位置上，A葬仪公司的工作人员准备起了新佛龛。只见他在一张拼合板组成的小桌子上铺了一层白布，摆上了白木牌位和骨灰盒、遗照。香炉、烛台、花瓶、祭铃，还有像是"过家家"用的盛水器，也都是一式的白色。

和室里本来摆放着黑檀材质的和服箪笥、佛龛、和式书桌，还有挂和服的吊衣架。在满是茶色和黑色的空间里，纯白色的新佛龛被映衬得格外廉价。

"在佛教里，人逝世四十九天后要接受阎魔大王的审判，然后才决定是否能成佛。要想那个时候获得一个好判决，就要主张自己在世时是洁净无垢的。因此，跟让遗体穿白色装束一样，要用白木的佛龛来祭祀新佛。详细的可以向寺院大师请教。"

大哥在场的话，肯定会皱着眉把这当成故事来听。我们虽然不大懂，但还是往花瓶里插了白菊，供了和式点心，燃了白檀线香。

"接下来可不轻松啊。"

"多注意身体。"

琉美和应幸两家人带着大包小包的行李回家了。我担心一直没人照顾的小爱，便让恭子和渚也先回了家。嘈杂的公寓里突然安静下来后，我竟莫名地有点害怕。

今后就只有我和嫂子两个人，该怎么照顾父亲呢？没有母亲坐镇的诊所该如何维持下去呢？明天就是黄金周最后一天，这些全都要想出个对策来。因为到了后天，不容分说，没有了母亲的"日常"就会到来。

父亲在新佛龛前愣愣地站了一会儿后，自言自语道："有点儿累了。"然后便走进客厅坐在了沙发上，打开了VISA信用卡的会员杂志，漫不经心地翻着，最后将目光停留在了印有新加坡鱼尾狮照片的页面上。究竟能读懂多少文字呢？

父亲的认知症程度被定为"要介护度4"。后来我调查了一下"4"的标准：无法自主站立与行走，感觉不到尿意和便意，智力有可能衰退，需要重点介护。我始终不明白为什么会得到这样的认定，除非这个结果是在症状非常严重的时候测出来的。不过，我曾听母亲私下说过，介护度定高一些似乎有什么好处，应该是和介护中心商量过。虽然和现状不太相符，但身心俱疲的我实在没有精力申请重新认定了。

父亲能自行蹒跚着走路。今天在葬礼上还有火葬场里，尽管有点儿令人担心，但父亲能拄着拐杖自己走，还能把握周边的状况。当装着母亲遗体的棺材被送到火葬炉里，炉门即将关上的瞬间，负责人宣布开始火葬时，父亲沉着冷静地回道："好的，麻烦您了。"这一幕在我的脑海里挥之不去。

父亲的认知症时不时会发作。前面提到过，父亲有时会说胡话。我还听说过两次因"父亲失踪"而闹得人心惶惶的事。第一次是父亲乘坐公寓电梯时，忘了自己要在哪层下。第二次是去年秋天，母亲拜托父亲去公寓旁边的麦当劳买月见汉堡包，结果父亲买完后没有回公寓，而是直接打了出租车，告诉司机去"东三国"，好像还准确说出了路线，"走新御堂筋，到东三国后直走，再在加油站左拐……"当穿着便服手提月见汉堡包的父亲出现在诊所门口时，工作人员都很意外。那天，母亲就在家里。

"妈还在时，爸偶尔一个人待在家里还能凑合，但现在妈一走，爸的脑子肯定会乱掉，绝对不能把他自己留在家里了。"

嫂子说得很有道理。父亲单独在家，保不准随时就会出门。用火用电也令人担心。父亲打生下来后应该没下过一次厨，吃饭也是问题。

"接到自己家里"未必不是个办法，可对我和嫂子来说都不大现实。

我俩都各有各的工作，已经忙得焦头烂额。如果再把父亲接到家里，估计就没法工作了。不工作的话，最终只会双双倒下，落得个"本利全无"。何况，说实话，将来父亲的身体肯定需要人打理——陪着上厕所的话，无论如何也想象不出亲自帮父亲收拾下半身的场景。世上应该有不少人会为了侍奉父母而甘愿牺牲自我，可若是我的话，并不愿意让孩子看到自己的隐私部位，就连父亲本人恐怕也会感到羞耻。但交给专业的介护人员来照料的话，羞耻心可能会相对减轻。这一点嫂子和我都了然于心，用不着特意说出口。对我俩来说，根本没有想过子女照顾父母是理所当然的事。

晚上，我和嫂子正喝着啤酒时，父亲说了声"我先去休息了"，便走向了卧室。不到半小时，父亲又颤悠悠地回到了客厅。"爸，您什么都不用操心，没事的。"估计是嫂子刚才这么一说，反倒让父亲愈发不安。

就在父亲坐着的客厅里，我俩偷偷地商议着。

"暂时每天让爸去日间介护中心，从傍晚到晚上8点请介护员来家里帮忙。过了8点后，我，或你，或者其他人来公寓里照看一下，尽量不给每个人添太多负担。"

"好是好，不过能顺利开展吗？"

"能。一开始就说不能的话那就永远都开始不了，只能去试着做了。"

"话是这样说，可是……"

"可是什么？"

"可是，大家都各有各的事。"

"你能想到其他点子吗？"

"……想不出来。"

"对吧？就这样定了。赶紧弄个轮流值日表，看看每晚都能让谁过来。"

　　等轮班人员都安排好后，嫂子突然压低嗓门说道："趁这个时候找找养老院。"

　　"嗯，好，趁轮班还能周转得过来。可是，养老院很紧张，很多人都在排队等号。"

　　"管它多不多呢，不找找看的话谁知道。"

　　"费用呢？"

　　"找一家性价比高的。"

　　"嗯，嗯。"

　　费用划算又服务周到的地方，有吗？我不禁犯起了嘀咕。

　　"找的话应该有，肯定。"

　　"嗯。那就以一个月为期限吧。"我下定决心小声回复了嫂子，心里却不禁想："该来的终于来了。"心如针扎。

　　现在想想，当时关于"父亲的今后"问题，如果和父亲本人商量商量就好了。即便父亲希望"待在家里"，就找个理由婉拒掉，然后提出我们想的"善后策"，说不定父亲也会说"只能这样了"。然而，那时我们偏执己见，一心认为得不到父亲的理解，便直接略过了。不，应该是说不忍惹父亲伤心，想尽量拖下去罢了。

　　疲惫已临近崩溃状态。嫂子敲了新佛龛前的祭铃后离开公寓时，已过深夜零点。

　　我连泡澡的力气都没有，刚在客厅里铺了床，便一头倒下和衣睡着了。葬礼上穿着的母亲的丧服，随手挂在了和服衣架上。母亲的床铺空着，我却没有勇气躺在上面休息。如果嗅到母亲的气息，只会徒增痛苦。

夜晚结束，便会迎来清晨，清晨结束，便会迎来中午，之后进入傍晚，然后夜幕降临。这种再平常不过的日夜轮替，对我来说，已经阔别了整整一周。

Things to do

一眨眼便到了第二天早晨。我似乎感觉到有什么不对劲，就睁开了眼睛。原来父亲一脸愕然地站着，从正上方窥视着我的睡脸。

"啊，爸，早上好啊。"

"早上好。"

我赶紧起床。

"泡晨澡吗？"

"就算了吧。"

"那我这就做早饭。"

"嗯，那就麻烦你了。"

就在我准备早饭时，父亲自己换了衣服。蓝色POLO衬衫

胸前的扣子扣错了地方。母亲看到的话肯定又会训斥父亲一
顿，我只装作没看见。扣错扣子这类小事用不着大惊小怪，要
做的事情堆积如山，不是必须做的就不做，能尽量保持体力就
保持。我这个人就是有这么一点冷淡的地方。

　　父亲的食欲很旺盛。一边看NHK早间新闻，一边将涂了
黄油的烤面包、鸡蛋煎火腿、可乐饼、蔬菜沙拉、葡萄柚全都
吃了个精光，又喝了杯加了很多牛奶的咖啡，最后淡淡说了一
句："楼下有卖红豆面包来着……"

　　公寓一层有家烘焙店，时不时出现在杂志上。这么一说，
我倒想起来以前听母亲提起过，父亲很喜欢那家店里的红豆面
包。难道父亲的意思是，早饭还是和往常一样准备红豆面包就
行了？我不禁有点疑惑：父亲到底有没有明白母亲已经走了
呢？这个时候红豆面包有那么重要吗？难不成，父亲想要抑制
住内心的悲痛，才会故意把心思放在这些琐事上？

　　父亲吃过早饭后都没在新佛龛前做祈祷，就直接摊开了
报纸。我之所以没有说是"读报"，是因为无意中望过去时，
发现父亲手里的报纸是上下颠倒的。我瞬间感到有点好笑，紧
接着心里却格外难受：报纸拿反了都没有注意到，还认真地装
作在"读"……仿佛是在说，跟几十年来一样，今天我在吃过
早饭后照样能读报，而且能看懂呢……

　　我不敢告诉父亲报纸拿反了，因为不想伤到父亲的自尊。

父亲始终翻着颠倒的报纸，露出一脸讶异的表情。每听到父亲翻报纸时发出的窸窣声，我的心便隐隐作痛。

上午10点钟左右，嫂子来到了公寓，一脸明朗。

"睡得好吗？"

"还行。理津子，你听我说啊，越是疲惫的时候，就越要摆出明朗的表情，这样就不会感到那么累了。知道吗？要是不停叹气，就真没个头儿了。任何时候都要积极乐观，懂吗？"

嫂子一边笑着，一边将父亲扣错了的POLO衫扣子重新扣好。被嫂子这么一说，我也受益不少。不愧是做管理的，想法就是和常人不一样。

嫂子当时担任西北航空的客舱部部长。

1972年，嫂子以大哥女朋友的身份第一次来到奈良老家时，穿着一身橘红色的超短裙。那时她住在横滨，是国际航线的空姐。我暗想："好像浅丘琉璃子啊！"嫂子的出现，似乎将离我们遥不可及的"异国"情调带到了家里。对还在读高中的我来说，靓丽得有点炫目。和大哥订婚后，嫂子便把工作调到了大阪机场，从事与空姐不同的地面工作，还在大阪、东京、美国洛杉矶等营业地区待过。在西北航空的亚洲女性工作人员中，嫂子是头一个生了孩子后还能继续工作的，简直就像个女强人。这些年来嫂子就在关西机场负责管理与培养客舱乘务人员的工作，经常要乘"考察航班"去考察客舱乘务人员的情况，有时还要去美国明尼阿波利斯本部参加会议，出差相当频繁，这些都是我最近几天才了解到的。

既然处于这么重要的职位上，所以当嫂子说"虽然公司有丧假制度，可明天我必须得去上班"时，我也自然能够体谅了。

我自己也攒了一大堆工作。4月30日去尼崎寺院的采访稿后天就要提交，尽管我随身带着采访速记、资料，还有笔记本电脑，但前晚和昨晚根本没空打开。

"今天争取把今后要做的事情全都计划好。"

我的脑袋比昨晚稍微清晰了些，便和嫂子再次开启"战略会议"。我很想学着嫂子"积极思考"问题，可是除了照顾父亲，其他繁杂的课题实在是压得人喘不过来气。这个不赶紧做的话，那个不立马解决的话……脑子一直在徒劳地打转转。

"我们考虑一下优先顺序和任务分配吧！"

嫂子和我各坐在餐桌一旁，在撕下来的四月日历纸的背面，写下了"Things to do"三个英文单词标题，俨然如同"工作"。

1. 父亲→照顾

· 联系介护中心负责人，申请日间介护服务。

· 下午4点到晚上8点，每天请介护员来家里。

·晚上8点到次日上午10点，家属轮流照料。

·调查养老院。咨询介护中心负责人、地区政府，上网搜索。

2.诊所→继续经营

·和木村商量。

·找副院长商谈。

·开职工会议，招聘代替母亲的前台接待。

3.母亲→剩下的事情

·A葬仪公司，确认明细、付款。

·寺院，确认明细、付款。

·医院，确认明细、付款？

·电话联系American Home Direct保险公司。

·寻找生命保险证明。

·N银行、J信用金库，取存款。

·跟还没有联系的母亲的朋友寄信，告知母亲逝世。

·医疗保险、银行、邮局账号、信用卡等，解约。

·驾照，返还给公安局？

4.其他

·向房地产公司咨询房租、停车场费，支付五月份租金。

·分遗物。

·汽车，估价，出售。

·公寓怎么处理？

这些事情都要迅速解决。嫂子对着头晕眼花的我斩钉截铁地说道："争取一个一个消灭掉！二人合心，其利断金！"一派领导气势。

最关键的，自然是照料父亲的问题。

嫂子立马给介护中心负责人打了电话，申请从第二天起就开始日间介护服务，同时请安排一位介护员傍晚时来家里帮忙。

"超过介护保险范围的部分需要自己负担，您看可以吗？"

"请等一下。"嫂子按下通话保留键，望了望我。

"当然没问题。"我回道。

然后，我俩又给应幸、恭子、渚等几个人一一打了电话请求支援。恭子正忙着找工作，渚也刚刚进入大学，人生的重要时刻即将开始。我其实不愿意给他们增添负担，但最后还是把姐弟俩也列入了轮流值班表。

"没什么特别要做的。留个人在公寓里，就是为了确保外公安全。就我和你舅妈两个人的话，根本转不过身来，你明白吗？"

"哦……嗯。"

"我要是没法工作，你的学费怎么办？可能连大学都上不了。"

明摆着就是威胁。

"不用做饭吗？"

"吃饭的事已经交代给介护员了，等你8点来公寓时你外公晚饭早就吃完了。早饭的话随便做点就行。"

"晚上真的什么也不用做吗？"

"是的。你外公白天会在介护中心泡澡，他心情好的话就陪着聊聊天，一起喝个啤酒什么的，反正很快就会去睡的。"

"好吧，知道了，一周只去一次的话勉强能接受。"

关于养老院的问题，除了自己上网搜索，我也准备向比较熟悉这方面的朋友们打听。至于其他事，就和嫂子分开承担，从明天早上开始再继续"战斗"。

最让人头疼的是诊所。从经济条件来考虑的话，当然想继续经营下去。可是就在母亲住院的前一周，副院长跟我说干到夏天就打算辞职。原来是他擅长咬合矫正，一家专门牙科医院想要挖他过去。我本来想找个办法好作挽留，便一直放在心里没说出来。母亲走的时候还不知道这件事。如果副院长明天就提出"辞职"，那诊所就没戏了。我把这件棘手的事讲给了嫂子。

"真不好办哪！有其他能替补的医生吗？"

"哪有。不行的话就得重新去找医生，可是现在根本没那个精力。去年一年就很够呛，更别提眼下妈又走了。"

"嗯，也是。我看看工作日里能不能休半天班，到时替妈去前台接待。"

嫂子的这个点子着实出乎我的意料。

"前台接待看着容易，可其实很复杂的，记不住保险点数的话可做不来啊。"

"一点点慢慢记嘛！诊所经营最关键的是要看经营者。我们拿出干劲儿给他们看，副院长估计也不大好意思说不干了吧？"

"可是嫂子，工作日能让休假吗？真的没问题？"

"我自有办法，你就把心收回去吧。这工作我做了多少年，你还不知道？光带薪休假也不知攒了多少呢！"

佩服得五体投地，无话可说。既然嫂子都这样表示了，我也只好加油了。

"要是一般人的话，有自己的房子，也有养老金，该多省心啊。为什么我家二老会落得这个地步呢？"

嫂子看我埋怨，便说："咱爸妈就是因为跟普通人不一样，这一生才过得有意思嘛！我们两个还有一大堆事情要做，哪有时间去伤心啊？"

那天，我和嫂子在商量时被打断了五次，中途不断有花送进来，送花的大都是之前奈良老家的邻居和母亲女校时代的朋友。

我们自认为不收奠仪的家族葬是个好办法，后来却发现，这对那些想要来吊唁的人们来说实在有点欠周全。跟与母亲关系比较亲近的人打电话联系可能就是个错误。"我们打算办场只有家属参加的家族葬，请您不用挂怀"，这本身就很矛盾。我根本没有考虑到那些真正关心母亲的人的心情，对方绝不会以简单的一句"哦哦，我知道了"就能释怀的。

接到电话的人就像玩传话游戏似的，把消息告诉给了没有接到电话的人。大家用赠送花束来代替奠仪，以表达自己的心情。放有新佛龛的和室里摆满了白色的花束、花篮。菊花还好，百合、香水百合则散发着浓郁的香气。

在花香四溢的客厅里，我们继续商量接下来的事情。父亲一会儿看看电视，一会儿坐在沙发上翻着信用卡公司的金卡会员杂志。偶尔又像是想起了什么，走到角落的书桌旁，从抽屉里取出记事本，打开，又合上，有时还捏起了笔。

嫂子这个人很能干。

"我俩争取工作日的时候，一周内在公寓过夜不要超过两次，不要硬撑着，要时刻记得'头脑劳动'。"

虽然我觉得嫂子很能干，可如果这真的是工作，我恐怕很难和她共事。

我向渚请求支援时，渚有点犹豫："第二天第一节有课的话，前一天我就没法去呀！"嫂子又特地给渚打了电话："第一节什么时候开始？从这里到大学需要多久？第二天早上6点我去换班。你6点出门，应该来得及吧？"一大通说下来，渚也就不好意思再推辞了。

　　嫂子也给40多岁正值工作黄金期的关西电力公司职员应幸下了命令："带薪休假能休就休。"

　　渚要坐两个多小时电车，应幸要换乘一个多小时的电车，勉强能在晚上8点前赶到公寓。住在三重的琉美来这里需要三个小时，实在让人张不开口。但即便再绞尽脑汁安排，也有嫂子和我、恭子、渚、应幸几个人都抽不出时间来的时候。无奈之下，只好把跟父亲关系并不是很近的人，包括比我小二十岁的歌手表妹利纱，还有在造园设计公司上班的前夫也加进了轮流值日表里。如此一来，好歹把到下周五之前的留宿值班定了下来。每周末争取抽时间聚在一起陪陪父亲的提议也得到了大家的一致赞同。

　　"爸，不好意思，从明天起，就要请您每天去日间介护中心了。"

　　"哦……那可真是让你费心了。"

　　父亲的回复听起来就像说其他人的事情一样。

　　我那天也住在了公寓。第三晚留宿。

　　第二天，5月7日上午10点，日间介护中心的两个年轻人来接父亲时，在我看来宛若救世主。

"爸慢走啊。傍晚介护员来家里，8点时恭子也会过来啊！"

我挥着手说"拜拜"送走父亲后，伸开两臂，做了一个深呼吸，顺势"大"字躺在了地板上，不知何时变得僵硬的身心终于略得舒缓。和父亲两人相对而坐的时光，竟然如此沉重。

跟A葬仪公司打电话，抱怨了两点。第一是费用明细表里到火葬场的面包车使用费，误收了高速公路利用费（700日元×4＝2800日元）。第二是支付小费的人数比在协商时平白无故地多了三个人。要是我的话，绝不会注意明细表里的那些细节，再说就那点小费也不值得专门费口舌去理论，可嫂子认为："这种事要坚决跟他们解释清楚。"对是对，但传话的自然是我这个"部下"。太需要精力了。向American Home Direct保险公司告知了母亲逝世一事，又打电话问了这五天的住院费，还联系了诊所的太田。

最后，化好妆，换了衣服后，拎包又去了信用金库。因为新发现了一个母亲名义上的存有微薄金额的账户，所以又像小偷一样去取款。

蔚蓝的天空没有一丝云彩，道路上车水马龙喧嚣依旧，上班族步履匆匆。突然间，我开始恨起这座若无其事像平日一般运作的城市。

照常营业

5月7日下午，我终于回到了阔别三天的家里。渚前天回了京都，恭子也不在。当门打开的一瞬间，我发现小爱早已在门口翘首以待，看到我后便立马飞奔了过来，拼命地摇着尾巴。小爱大概也感觉到这个时候属于"非常时期"，飞奔过来的样子不同于寻常，还跳了好几次，一个劲儿地往我身上蹭。

"留你看家辛苦啦，真是好孩子，好聪明！不过没事啦，从今天开始'照常营业'。我会待在家里陪你的。"我一边说，一边抚摸着小爱的脑袋。"只有今天特别优待！"在给小爱的干狗粮里，我拌上了比平时的量要多三倍的小爱最喜欢的肉罐头。就在我安慰着狼吞虎咽的小爱时，大哥打来了电话。

"这么多事辛苦你啦，很感谢！"

哦，原来是慰问电话，精神可嘉。

"因为哥回不来，我还发愁过到底该怎么办呢。不过好歹应对过去了。"

"真的很对不住啊！"

大哥的说话方式和父亲如出一辙，我不禁笑了出来。对大哥没有回国这件事好像也并不那么气愤了，仿佛已经过去了好久一样。

当我把守灵、葬礼的一系列经过原原本本地讲给大哥后，大哥突然说："提起葬礼，以前那场葬礼我还记得很清楚哪。"大哥指的是"五条的外父母"也就是母亲双亲的葬礼。

外祖父母在我还上幼儿园时便相继去世，我虽然没有什么印象，但是比我大五岁的大哥记得很清楚。当时是土葬，从家里到墓地排着长长的葬队。抬棺材是家里男人们的义务，自然父亲也是其中之一。

"在城市长大的弘（大哥称父母时都是直呼其名）很不愿意碰棺材……葬礼都过去好久了，他还不断地跟加代子抱怨：'真是，非让我做那种事！'加代子就拼命低头道歉。那时我就偷偷想，根本用不着道歉嘛！"

在我小时候的记忆里，父母关系很融洽，从没有见他们红过脸。没想到，父亲竟然对母亲说过这么没有人情味儿的话……

"这会儿提这些陈芝麻烂谷子的往事也没什么意义。"大哥说道。我觉得自己和这个人不愧是兄妹，还有些小小的共鸣。可是，当我跟大哥说"可能你也早听嫂子说了，眼下爸需要大家一块儿来照顾……"时，刚才还被我认为"精神可嘉"的大哥立马现出了原形。

"是吗？那可真不轻松啊！送弘去日间介护中心也是个办

法。不过要是不放心他一个人在家，干脆请个包吃包住的保姆，怎么样？"

"啊？"我在心里不禁叫了一声。这个人什么语气呀！

"哪有请保姆的钱？"

"办法总会有的。"

"根本不可能吧？你总是说些不着边的话。这个节骨眼上，去哪儿找这样的人啊？"

"有一大把闲时间的寡妇之类的，找找的话应该有吧。"

"什么？"

大哥的日语水平还停留在二十年前。我虽然听不惯"寡妇"这个词，但还是忍住了，因为根本没那个闲心跟他理论。

"贴个招聘启事怎么样？"

"招聘启事？我和嫂子都忙得焦头烂额的，你不会不明白吧？"

"…………"

"那就请哥自己全都计划好，找到人后带过来，再麻烦你把钱付了！明明做不来，还在那里净出些看不到摸不着的馊主意。"

我突然感觉，昨天还有前天，和嫂子费了好大的劲儿才定下来的安排，被大哥轻而易举地全盘否决了，便莫名地发起火来。

"可怕可怕，不要那么生气嘛！"大哥想要缓和一下氛围，可油嘴滑舌的腔调反倒惹得我更加气愤了。

"这边的事用不着你插嘴！！"我气得挂掉了还没说完的电话。

现在回想起来，当时数不清的烦闷郁结在心里，正没地方发泄，恰好大哥的电话打进来，所以他就成了受气筒。

内心的郁闷终于化为剧烈起伏的感情，一下子爆发了出来。厨房里传来窸窸窣窣的声音，原来是小爱弄翻了台上放着的鱼糕，散落了一地，正埋头吃得很起劲。这虽然是常有的事，可那天却让我格外恼火，我一把抓起项圈，将小爱提到了半空。小爱的眼神里流露出一股哀婉："明明刚才还很温柔，怎么了？"

啊，已经快要崩溃了！靠文字糊口的人根本没有请丧假的权利，完全是没有产出就没有收入的工作。不赶紧整理好心情切换入工作模式的话……

明天还有其他采访，所以，明天截稿——也就是到明天早上，4月30号尼崎寺院的采访稿必须要写出来。月底发行的旅行杂志5月8号截稿，考虑到要长期合作，我很清楚容不得打马虎眼。为了把稿子抓紧赶出来，我决定一天就待在工作室里。然而，当我打开带回老家三天却一次也没启动又照样带回来的笔记本电脑时，发现邮箱里积攒了八十封邮件，包括订阅的网站杂志。不处理完这些邮件，根本没办法安心写稿子。

　　邮件大多并不是太急，其中包含三位朋友发来的慰问信："听到消息很震惊，祈求冥福，请节哀顺变。"说实话，我看到这些时感觉很欣慰。守灵的那天晚上，我常去的那家酒吧老板发来短信，我当时回信时说自己正在为母亲守灵。这些朋友可能是从老板那里得知了消息才跟我联系的吧。三个人在最后都体贴地写道："你现在应该很忙，不用回复。"我给其中的两个朋友回了信，写得相当长，把所有的经过都写了一遍。还有一位叫大田的朋友，我专门打了电话过去。她是新闻类杂志的总编辑，从我二十多岁时就一直有交往。"马上要开会，稍后给你回过去啊！"

　　是啊，今天的"世界"，还是跟往常一样运转着，即便这个时候也照常有会议。一个小时后，大田给我打来了电话，听声音像是在公司楼顶上。

　　"葬礼办完了，今天起照常营业。"我起初还硬撑着，可是提到"父亲的照料压在了我们身上，根本看不到希望"时，眼泪再也忍不住了，边哭边说。大田等我心情平静下来后，安慰道："姐，等一切都安稳下来后，一起去喝一杯吧！"

　　"嗯，谢谢……可是，我根本不知道什么时候才能安稳下来……"

挂掉电话后，我又回复了非法人团体旅行PenClub发来的邮件。身处漩涡之中，竟把这个事情忘得一干二净：旅行PenClub的会报次月刊的清稿早寄了过来，我要在那一周之内和另一个会报负责人把一百二十六页的稿件校对完。那份清稿校对起来需要整整一天，自然是无偿劳动。我很想大喊一声"这个时候就饶了我吧"，可在这个时间点上，"做不来"三个字根本无法说出口。只能豁出去了。

啊，真的到极限了！我对着电脑坐下来，采访速记和资料就放在一边，却完全没有心情写稿子，而是直接上网打开网络日记，一口气将过去八天里的事写了下来，就是"何时、何地、做了什么"的流水账（这些日记后来就成了本书第一章的草稿）。过了一会儿，网友们接连不断地写了评论进来，我又一并回复了过去。

我到底在做什么呢？哪儿是做这些事情的时候啊？尽管我一心想着要赶紧把稿子敲出来，可又忍不住上网搜了父母的名字。母亲的名字输进去后，什么也没有显示。父亲的名字下面出现了一条记事。

"平成17年9月19日（祝日），大阪府齿科医师会会馆召开'长寿会'，参会者大多为70岁以上的医生。"

这是淀川区齿科医师会的通知栏，该医师会有六人参加了大阪齿科医师会"长寿会"，父亲是其中一个。附着的照片中，身穿西服、打着领带的父亲正在品尝会餐。这是三年前的事情了。如今再看虽然没有什么用，但我还是不由得凝视了好久。

傍晚，恭子打来电话："这会儿在梅田，接着就去外公家。"那晚是她值夜。

"还有啊，虽然不是说这个的时候，今天我拿到offer了。"

"太好了！是哪家公司呀？"

"F火灾。"

"咦——很厉害啊！恭喜恭喜。保险公司的白领。第一志愿？"

"不是。"

"那暂定这一家？"

"不，我已经决定去了，再继续找也是白费时间。我已经找够了。"

"这可是将来一辈子要待的公司啊，就这么草率地定了？胡说些什么呢？"

"我就猜老妈会这么说。哎呀，早知道不跟你说就好了。反正我已经决定了！"

"综合职？"

"不，那个没选上，一般职①。"

"一般职能有多好，不就是端茶倒水吗？"我赶紧回道。

"不是啦，区别就是能不能调动而已。"

"不可能吧？"

"啊呀，老妈太落后了！好烦啊，我就不该讲。先不说了，我要去外公家了。"女儿说着就想挂掉电话。

"等你回来再好好说。你的那个决定我坚决不同意。对了，你外公家我已经买了很多东西放冰箱里了，你空着手去就行。"

晚上10点过后，我终于动手写起了稿子。集中力为零。当两千字的文稿被一字一句敲出来时，窗外的天空早已微微泛白。

眯了两个小时后，第二天5月8日早晨，我便又匆匆动身前往京都宇治地区进行采访。从最近的北大阪急行桃山台站到新大阪站，又换乘JR京都线。

踏入这座跟往常一样运作的城市的第二天，我突然察觉到，自己对这片蓝天和嘈杂的恨意似乎比昨天减少了很多。

---

① 译注：日本公司的一种人事制度。综合职多为管理职位，有异地调动和晋升机会；一般职多为辅助性、事务类工作，相对稳定。

与父亲的"蜜月"

母亲葬礼过后的三个星期，是我和父亲的"蜜月"。

平时全靠日间介护中心和请介护员来家里帮忙，晚上8点到次日早上9点半家人轮流到父亲那里住一晚。

晚上说是陪父亲，只不过是与父亲"共享一两个小时的空间"而已。8点到老家时，父亲通常早已在介护员的照看下享用完买来的晚饭，坐在客厅沙发上啜着啤酒或兑了水的老伯威。在日间介护中心时就洗了澡，所以没有什么特别要做的。唯一的家务就是洗衣服，但也仅是将一天用过的毛巾和衣物等丢进洗衣机里就行。

可尽管如此，"一周不过一到两次"的"任务"实际上要比想象中复杂得多。加上同时要找养老院，更是焦头烂额，容稍后再详细叙述。

轮到自己"值日"的那天，从早上起床便心神不宁。窝在家里写稿子时，每每到傍晚时分终于来了思路和灵感而奋笔疾书时，却不得不动身去父亲那里。出门采访时，如果临近约定的时间，便开始心烦意乱。我努力让自己往积极的一面去想，就像孩子们还小时按时去幼儿园迎接一样，可是两者究竟有着天壤之别：幼儿园里等着我去接的，是拥有光明"未来"的孩子们，而父亲的"未来"根本看不到……也许将来父亲的身体能够恢复健康，可是期待认知症得到痊愈、能够一个人独立生活的愿望根本就如天方夜谭。孩子们的"成长"是昨天不会的事情到了今天便能够做到，老人们的"成长"则正好相反，维持现状便再好不过，能够做到的事情越来越少，一步步临近死亡。虽然听起来残酷，可衰老就是这么一回事。如今的父亲，正在走向衰老的途中。

第二天早上"值日"结束后，即便离开公寓，脑子也无法迅速切换到普通模式。"内心的日常"久久无法返回，无休止地沉沦在"衰老"的世界里。包含父亲的身体状况在内，"啤酒喝完了""烘焙店明天不营业"等这些"值日"时的各种琐事，都要打电话跟下一个来"值日"的人交代清楚。

不管是谁都会在心里想，"请饶了我吧"，但从没有人说出口，可能是因为大家都不愿把父亲看作"麻烦的老人"。

比如，轮到我去照顾父亲的那天，5月12日晚上发生了这样一幕。

当我回到公寓老家时，父亲正以一副微醉的神情坐在沙发上。

"爸，您喝过酒了？"

"嗯哪，就这么一小口。"父亲把右手举到发红的脸前，用食指和大拇指比画了一小截，笑着说道。

　　我把自己要吃的晚饭装到了盘子里，是刚才在附近关西超市买回来的伊佐木鱼刺身、豆腐渣沙拉、出汁鸡蛋卷、炸猪排等，又简单做了些醋拌章鱼黄瓜。

　　"爸要不要再吃一些？"

　　"噢，那我就再陪你吃点儿。"父亲说着，便自己打开了冰箱，拿出了罐装啤酒。

　　"还是这个好喝啊！"

　　原来是藏在ASAHI超级榨后面的KILIN一番榨。

　　"道顿堀食倒商场停业了，人们议论纷纷的，爸听说了吗？"

　　"嗯，听说了。"

　　"在电视上看的？"

　　"嗯，报道很多。"

　　"食倒太郎人偶没有了，很可惜啊。"

　　"是啊。那里从老早以前就卖有乐鼓队人偶。哦，不过，是战后的事情吧？北村更要久，那儿的松阪牛很不错。"

　　北村是南区的一家寿喜烧店，父亲很爱光顾，还带着一家人去过好几次。父亲小口啜着酒，拿昭和时代的记忆当作下酒菜，却又一口气跳到了战前。

　　"从江户堀到心斋桥的大丸百货商场，搭出租车只需要四十钱①。大丸的衣服很漂亮，SOGO没怎么去过。"

"还有啊，那时动不动就打车去有马。一到傍晚你爷爷都会喊上我和姐姐：'去有马转转吧！'"

父亲生长于江户堀（西区）。那时的大阪，人口远远凌驾于东京，一时曾被称为"大大阪"。御堂筋这条路有六道行车线，还跑着地铁。父亲是漕运店老板的儿子，上面有一个姐姐，姐弟俩当时都有各自的用人。父亲就是在那种环境下长大的。

"阪急（百货商场）的文具很新颖啊。我进北野读书时，你爷爷就在那儿的文具专柜给我买了橄榄球状的文具盒，是用外国皮革做的。皮子软，外观很时尚。阪急一层还有旧书店。"

父亲口中的"北野"，是旧制大阪府立北野中学，一直以来都是父亲引以为傲的地方。一聊到这些，净是使用固定名词。

"说起旧书的话，最近变成电器街的日本桥那个地方，以前可是跟神田神保町一样，旧书店并排连着。我在北野上学时，常常专门乘市营电车去那儿逛。在日本桥的古书店买戏碟是战后的事了。我记得看杉村春子《女人的一生》时，特别感动，就进了文学座（支援会）。"

---

① 译注：日本货币单位，1日元=100钱。

刚才还是中学时期，突然就蹦到了成人时代，话题完全已经飞了。

父亲又说，1943年（昭和十八年）祖父生了病，为了疗养，便举家搬到了奈良，开始了租房生活。次年祖父去世，江户堀的家还有漕运店也在大阪空袭中被烧毁了。我曾听母亲提起过："你爸在成为牙医前，还靠典当生活过呢，看来老家家产不少。"

"每日大阪会馆是什么时候从出入桥搬到堂岛来着？《欲望电车》《华冈青洲之妻》，还想坐在走道右边的座位上再看一次（会馆设有大每地下剧场）。《大鼻子情圣》里，主人公在窗边和心上人说话的情景可真是让人忘不了啊！荒木道子、三津田健、北村和夫，大家都已经不在了……"

以往聊天时都有母亲在身边帮衬着，像这样和父亲单独面对面说话还是第一次。两个人各喝了两罐啤酒。父亲好像忘了自己已经吃过晚饭，又吃了很多摆在桌子上的小菜。

食物时不时地从父亲的筷头掉下来落在桌子上，只见父亲不紧不慢地用筷子将食物重新夹起来放入嘴里。这个动作让我想起了很久以前在老家围坐在一起吃饭的场景。每逢要帮父亲温酒或者为我们添饭时，母亲都要停下筷子，这时父亲都会将筷子从右手换到用不惯的左手里，颤巍巍地夹菜吃："这样一来，就可以和你妈保持同样的速度吃饭了。"即便是煮的豆子滑溜溜地掉在桌上，父亲也会用筷子慢悠悠地拾起来放入口中。

父亲始终不曾言及母亲。到底是该由我主动提起，还是不说为妙呢？迟疑了一阵后，我最终选择了沉默。

夜渐渐向深处滑去。

11点时，父亲回卧室休息。我收拾完厨房，泡了澡后，打开了带来的笔记本电脑。同行的朋友曾说过："作家的工作犹如扫落叶。"落叶扫了一遍又一遍，没有个头儿。文字工作也一样，这篇刚写完，下一本就接上了。发给旅行杂志的关于有马温泉的文章终于脱稿，旅行PenClub的会报次月刊清稿也总算校对完了，可还要为下个月预刊的新书在规定的交稿期限里加上几笔，想到这里，我又不由得叹了口气。

半夜里，当我揉着困得发涩的双眼坐在餐桌旁打开资料润色文稿时，父亲冷不丁地走了出来。

"真用功啊！"

父亲说完笑了一笑，然后又转身回到了卧室。

就像那天一样，有时根本就忘了父亲患有认知症，可有时认知症又会突然发作。三天后的晚上，他没有认出我这个女儿。

"吃过饭了吗？"

"嗯，刚才吃过了。"

"好吃吗？"

"还行。"

"看电视吗？"

"好啊！如果您想看，我就陪您。"

一副客气的口吻。可能和之前一样，把我当作介护员了。

即便说"爸，我是理津子啊"，父亲也只是一脸讶异。

我试着聊起大哥："今天啊，祥打电话来问您身体怎么样呢！"

"祥？"

"嗯，祥。"

"哦？您认识他啊？"父亲瞬间满面笑容。

"我跟他很熟呢！从小时候就认识了。"我忍不住笑着说。

"是吗？我就是他爸啊！他现在住在美国洛杉矶哪。"父亲回道。

这是第二次了。一年半前，父亲为了安装心脏起搏器住进了关电医院。有一次我们去看望，当我提起大哥时，父亲的反应和今天一模一样。这在第一章中已经叙及。父亲很疼爱大哥，所以一听到大哥的名字就很开心。

"哎哟，是吗？那可真厉害啊！他这个人很有意思呢！"我不动声色地附和道，只是想让父亲多"开心"一会儿。

"可不是嘛，我这个当爸的也觉得他很有意思。他还考了飞机驾驶证哪！”

父亲露出一副无比高兴的表情，我也莫名跟着开心起来。

“哦，那可真不简单！”

父亲把我认作了介护员，我并没有否定，而是顺着聊了下去。父亲又兴冲冲地讲起了他在加利福尼亚乘坐大哥驾驶的飞机的往事，连我都被这般好兴致感染了。

在笑呵呵聊着天的父亲面前，我稍微松了一口气。我当然为父亲不期而至的“兴奋”感到欣慰，但那并不能说明我完全是为父亲着想的“好人”，而是源于一种自我本位的安心。

如果父亲真这么糊涂了，那我之前因隐瞒母亲意识不清的事，以及事先一声都没吭却直接把母亲去世的消息告诉父亲而产生的愧疚感，就会得到些缓解，不必那么耿耿于怀。“那样做就很好，用不着说对不起。”我很想这样安慰自己。

如果父亲的认知症不断发作，就无法理解母亲已经去世和今后要住养老院的事，对父亲来说，是不是也是一种幸福呢？我有时就会淡淡地冒出这种无情的想法。

5月18日，周天早晨又发生了这么一件事。

正在吃早餐的父亲突然说道：“今天得去一趟天满桥！”

“天满桥？”

“齿科大。”

父亲的母校，医院就在天满桥。如果是诊所无法治疗的重症患者，父亲就会给这家医院写介绍信。父亲曾担任过那里的非常勤讲师，给牙科护士上过公众卫生课。

前天晚上表妹琉美和我一起在父母家过夜，当时她恰好也坐在父亲身边。我赶紧给她使了个眼色，然后不动声色地问父亲："有什么事吗？"

"和惠比寿约好见面了哪！"

父亲担任北区齿科医师会会长时，惠比寿任副会长，是父亲最器重的后辈，但很早之前就去世了。

"惠比寿先生？知道知道。他和爸很要好呢。约好了？那我也跟爸一起去吧！"

父亲一下子咧开嘴笑了，顾不上还没吃完的红豆面包和鸡蛋煎火腿，便站了起来，拿起外套就要往自己的运动衫上披。

"那把裤子也换一下吧。"

琉美帮父亲换上了夏天穿的蓝色西裤，她比我还会照顾父亲的日常起居。"还有这个。"说着把助听器也戴到了父亲的耳朵上。

"姑父满心思要出去转转呢。"琉美说。

"是啊，我也跟着去，要不你也一起？"我说。

我俩便急忙收拾了一下。

新浪速筋离公寓不远，平时打出租车很容易，可偏偏那天等了好久都没等到。父亲开始往北走去。

"爸，在这里等等吧！往前走也一样。"我劝道。可不知是没有听到，还是太激动，父亲并没有停下来的意思。或许在他的脑海里，始终想着"惠比寿在等着我"这件事。过了两个红绿灯路口后，在光洋超市的前面，父亲终于停下了脚步，笑着说道："好啦！"就在这时，出租车开了过来。父亲举起右手拦下出租车，急匆匆地钻了进去。

"去天满桥齿科大医院。"

父亲精准地向司机说出了目的地。父亲的幻想世界到底能持续多久呢？我和琉美小声嘀咕着，时不时地跟父亲搭话。

"今天周末，车不多哎。"

"是啊，平常从这里往左拐的车很多啊。"

父亲说的是土佐堀通与肥后桥交叉口一带。

自打父亲的驾照被母亲没收后，眨眼已经三年了……我正暗自想着时，父亲小声嘟囔了起来："明明没事，非要说危险危险，真烦人哪！"父女俩偶然想到了一处吗？

二十分钟后就到了天满桥，拜托司机往右拐了三次，最后停在了土佐堀通南侧的齿科大医院正门前。父亲用力撑起身下了车。

"咦？爸，医院关着门呢。"

父亲的眼光从医院大楼的一角扫到另一角，一脸困惑。

"奇怪……"父亲僵了一会儿后，又重复了好几遍，"奇怪啊……"

那一瞬间，我突然想，如果父亲的幸福幻想时间就此中断，未免太可怜了。出于怜悯，我撒了一个小谎。

"今天是周末，关着门呢。下次再来吧。"

父亲露出一副半懂半不懂的神情。

"以后再来吧。"

"…………"

"爸，好不容易来一趟，就绕路去其他地方转转吧。"

我们便在医院门口拦了辆出租车，十分钟后到了天神桥筋六丁目的体验式"生活博物馆"，展示的有战前大阪市井风貌模型。我本期待这里能够勾起父亲的怀念让他高兴一下，便陪着走了进去。谁知父亲在多种多样的展示品中，除了在冰柜前说了句"还有这个啊"之外，好像对其他的并不怎么感兴趣。

回去的路上，三个人在热闹鼎沸的天神桥筋商业街走了一会儿。曾有一段时间，诊所就开在这条商业街附近，父亲应该很熟悉这里。走了三百米后，本来想进一家寿司店，可到了店门口时，父亲看起来连站着都很吃力，什么话也不说。

"姑父好像很累了。"

"那就买些寿司回去吧。"

买了三人份的寿司后，琉美和我搀着父亲的胳膊往主道上走去。等坐上出租车后，父亲竟然自己对出租车司机说：

"去南堀江。"我们又吃了一惊。虽然言语举止变得很奇怪，但父亲仍清楚记得自己应该回的家位于南堀江。在车里，父亲自言自语道："得给惠比寿打个电话说一声……""和惠比寿约好见面"这件事，是一直在父亲脑海中盘旋，还是上了车后突然想起来的呢？就在心里感到纳闷时，询问的时机便悄然错过了。

有关认知症

我想再写几笔关于父亲的事情。

最初察觉到父亲"有点奇怪"，是从当时往前数三年，也就是2004年，那时正在奈良老家过最后一个新年。

依旧是喊大伙儿回家，当众人围在一起吃着母亲做的年节菜时，父亲指着上初中三年级的渚问道："这孩子是谁啊？"

在场的有读高中三年级的恭子，还有表弟妹家里上小学四年级、三年级和幼儿园的孩子，并没有和渚差不多年纪的孩子。所以当我听到父亲莫名其妙的发问后，就感觉是在开玩笑。

我笑着回道："爸在说什么呢？是渚啊，真讨厌，您在发什么呆呢？"插曲就此收尾。当时的情景只有我记得，嫂子还有渚早已没有印象了。那次应该就是认知症的伏笔吧。

又过了四个月，父母从奈良搬到了大阪市内的公寓。

老家住了六十多年，搬起来一点都不轻松。从有九个房间的老家搬到两室一厅的公寓，加上没有庭院，要丢掉大量的物品，这些繁重的工作差不多都是母亲一个人做的。我去帮忙整理时，发现父亲顶多收拾了一下自己书桌周围以及书架。一眼望去，父亲读的书有戏曲、小说，比如司马辽太郎、松本清张、狮子文六、堀口大学等人的，思想类的书好像一本也没有。最后只剩下了一个书架和一套文学全集，也请旧书店的人来拿走了。每十多本书都用胶带捆绑好，一点点搬出了房间。父亲自始至终都在一旁看着。沉重的书籍压得旧书店的车轮都变了形，当满载旧书的车快要离开时，父亲从门口走了出来，小声说道："再见了。"

"你爸说他不知道洗手间的开关在哪儿。"

母亲开始跟我抱怨是在搬家两三个月后。分不清洗手间和浴室的开关，用完洗手间后，不仅没有关掉洗手间的灯，还误开了浴室的灯。前前后后的其他"怪异"举动都是后来从母亲那里听说的。

昼夜不分。午睡醒来后总是说"麻烦退房"。铺在餐桌下面的地毯上画着一条小狗，父亲动不动就会低头搭话："疼吗？"……

有一天母亲告诉我："要是我问他'在说什么呢'，他就会说：'咦？这里不是有马温泉吗？''这不是以前家里养的金太（小狗名）吗？'我就回他：'不是的，这是家里啊！是地毯啊！'他就又跟没事似的，'哦，是这样啊。'再之后就恢复正常了。我做梦都没想到你爸会变这么糊涂！"

在"怪异"的举动变得越来越频繁之前，母亲一直瞒着我们，我想是母亲不愿意承认这个事实吧。

"可我爸表现的都是些幸福的症状啊，听说得了这个病变得凶暴、爱骂人的、疑心重的有很多。我爸没这些情况吧？"我问道。

"哪有，净是些天真话。说什么这个巴掌大的家是有马温泉的向阳阁，真是，不管什么时候都是乐天派。"母亲呆呆地笑着说。

父亲年轻时就拥有乐观天真与傲慢无礼的两面性格。我从未见过父亲着急或奔跑的样子。过马路赶上绿灯变黄灯时，父亲也从不小跑，而是像跑步时迈开双腿一样，用力地前后挥动两只胳膊，好让停车的人明白"我也想走快一点儿"。"这样一来，车里的人就不在乎多等一会儿了。"我小的时候经常被母亲灌输："你爸这个人做什么都是对的。"可到了小学高年级时，我才发现父亲其实很爱耍滑头。

我上小学时有一次因感冒躺在家里，父亲早上去很远的药店帮我买糖浆。等回到家时，比平常上班的时间晚了很多，可父亲依旧不急不忙地出门去了。那时候母亲就说父亲是"乐天派"，那是我第一次听到这个词。

父亲有时也会突然发脾气。如果报纸没有配送到家，他就会给报纸贩卖所打电话狠狠地发一顿火。去饭店吃饭时，碰上晚来的顾客点的是和我们一样的菜却先吃上的话，父亲就会扯着嗓门喊："怎么回事？！"我们在一旁都觉得很丢人。最没面子的一次是我上初中时在近铁难波车站发生的一件事。那时我们在站台等开往奈良的快速急行电车，正准备上车时，有一个男人从旁边插队进去先坐到了位子上。父亲出风头似的走到那个人面前，摆出一副怒不可遏的样子："喂！瞧你这熊样！凭什么坐这里！"丝毫不理会周围的眼光，自顾自继续粗俗地骂道："赶紧给我道歉！真是混蛋！"

也许得了认知症后，父亲傲慢无礼的一面渐渐消失，乐天派的一面越来越明显了吧。

慌慌张张找了专门治疗认知症的医生，记得第一次和母亲一起陪父亲去诊所时，被等候室里人满为患的场景吓了一大跳。窗边立着糊纸拉门且堆着很多物品的宽敞的等候室里，挤满了由老伴或孩子陪着等待看病的老人。

"没想到有这么多人，你爸得这病看来也不是什么丢人的。"母亲说。

"就是嘛，妈别总是在意别人的眼光，只是拜托您可千万别再得这种病了。"我回道。

"像我这种人怎么会嘛！不要净说些不吉利的！"

我和母亲随意聊天打发时间。

等了两三个小时后，终于听到护士喊我们的名字了。进入诊察室后，父亲立马就变得很不情愿。接待我们的是一位较年长的医生，身材魁梧。

"叫什么名字？"

"请说一下出生年月。"

刚开始父亲都一一做了回答，可是等再问"今天几号""什么季节"时，父亲便不再张口，用一种"别拿我当傻瓜"的眼神瞪着医生。医生又拿了两张画着相同场景的画依次给父亲看，让他找出不同的地方（比如花瓶、球、铅笔等），父亲的脸变得更加臭长了。

认知症的可能性很大，原因是过去发生过轻度脑梗塞，脑细胞坏死，但是凭当今的医疗水平无法彻底查清楚。

医生交代我和母亲："请不要太恐慌，尽量维持现状，看看情况再说。"

"就只做那些检查就行啦？那个大夫到底靠不靠谱啊？真搞不懂！"在回家的路上进一家乌冬店吃饭时，母亲将医生臭骂了一顿。

那家诊所结果只去看了三次。服用过医生开的药，也就是当时公认的唯一一种治疗认知症的多奈哌齐后，不但没起什么效，口水反倒多了起来。当我们第三次去诊所向医生质疑时，医生却说："服用效果因人而异，对症的药只有这一种，接着用就行。"可还是不太放心，医生便又建议："要想确定治疗方针，可以去综合医院做一下核磁共振扫描。"

等来到常去的关电医院后，父亲小声说道："还是这里能让人百分之百信赖啊！"显然是安心感、信赖感占了上风。关电医院并没有专门治疗认知症的科室，精神内科有一位看起来资历较浅的年轻医生，因为说话不摆架子，父母很满意，之后便一月去一趟医院。

关电医院开的药和诊所开的一样，仍旧看不出有什么效果，可医生既然说"先吃药观察一段时间"，就也没怎么反对。现在想来，当时应该再去找找其他专门治疗认知症的医生。最终之所以没有这么做，也是因为我想逃避责任：母亲对关电医院很熟悉，即便我不陪着，她自己也完全没问题。

父亲认知症发作时，无论再怎么胡言乱语，我都尽量不去否定他。这还是从大阪府高槻市原市长江村利雄先生对待同样患有认知症妻子的态度上学来的。

说来也是很久以前的事了。1999年，我曾为江村先生的介护奋战记《没有人能够代替我这个丈夫》（德间书店）一书担任执笔工作。江村先生和父亲年纪相同，他的夫人自从卧床后，症状急遽加重。为了照顾生病的夫人，任期还未满的江村先生辞去了职务，一时引起了热议。我前往江村先生家里采访时，江村先生照顾夫人的情景给我留下了很深的印象。

举一件小事来说。到该吃早饭时，江村先生唤夫人起床后，用轮椅将她推到餐厅，花了一个多小时照顾夫人吃早饭。他从不催促，而是一边喝着啤酒，一边看着一语不发的夫人。夫人不小心给煎蛋淋了很多酱油，江村先生也没有发火，而是开玩笑说："鸡蛋在酱油的海洋里游泳呢！"就这样，江村先生始终像是自言自语似的陪着夫人用完了早饭。

"即便说些让人摸不着头脑的话，也不要否定。"

"犯傻的时候你跟着犯傻就行。"

这都是从江村先生那里学来的"秘诀"。

其中有一件事让我感到震惊。有一次，夫人对江村先生说："天下雨了呢，去学校接利次回家吧。"但那天其实天气晴朗，大儿子利次当时五十多岁。更让我讶异的是，江村先生立即回道："知道啦，我这就去！"然后他就走了出去。没过一会儿，江村先生又回到了屋里。"雨已经停了，别担心啊！"夫人便露出了一副放心的表情。

还有一次，夫人对江村先生说："贝斯肚子饿了，喂一下它吧。"贝斯好像是江村夫妇四十年前养过的一条丝毛犬。"好，我知道啦，交给我就行！"江村先生说完后便又从房间里消失了，很快就折了回来："喂过啦，还一直朝我摇尾巴呢！"听完"汇报"的夫人又笑了起来。

"刚开始时，我也生气过，愤怒过：'你是不是傻了？不要净胡说八道！'她常常说些让人摸不着头脑的话，吃喝拉撒伺候起来也很麻烦，真的就像是陷入了'介护地狱'，我都想过要杀了她一了百了。但是我认识的一位医生劝我：'再生气也治不好，不如一起装傻，好让她感到安心。'我就尝试了一下，结果发现自己也跟着轻松了不少。这样做保准对彼此都好。"

江村先生所言很有说服力。后来等我再去拜访时，之前见到我就一脸惊讶的夫人竟然可以喊出我的名字，还跟我打招呼："这么热的天让你大老远跑一趟！"江村先生在体验了"我都想过要杀了她一了百了"的"介护地狱"后悟到的这些道理，成为才花了三个月采访并且还没有丝毫介护经验的我今后将奉行的"圭臬"。如何应对父亲的症状，这些就是很好的参考答案。

母亲和父亲

有些患了认知症的人虽然症状会不断加重，但身体不会跟着衰弱；有些人虽然身体会变弱，但却不会流露任何认知症状。父亲则两者兼有，随着认知症的逐渐恶化，身体素质也每况愈下。母亲每日都陪在步履蹒跚的父亲身边，一边鼓励，一边陪他散步。

一年半前，母亲慌慌张张地打来电话："坏了！去关电医院做了健康诊断，医生说再这样走下去随时都有可能跌倒，得安装心脏起搏器。"几天后父亲就住进了医院，做了心脏起搏器安装手术。手术并不难，一周后父亲就出了院，心脏机能略有改善。曾有一段时间父亲一个人走路都没有问题，可很快又变糟糕了。

父亲还变得无法正常写字，母亲就强迫父亲握着铅笔，拼命地训练他。这些都是我在母亲意识不清后才听说的。我在老家还发现了父亲练习书写住址、名字和电话号码的笔记本，以及好几册小学生语文、数学练习簿。

父亲原来写字较为圆润，但是笔记本上的字迹明显变形。"大阪市"三个字大小不均，"阪"和"市"两个字叠在了一起，"南堀江"的"堀"字部首和偏旁相隔万里。电话号码里的"06"大得离谱，可末尾的数字又小得可怜。

在一本写有俳句的手账上，意境感人的文字时而靠左，时而靠右。一半以上都是空白，只有末尾写着两句："温柔婉约绣球花，花开惹人愁。""三尺寝台高尔夫，久梦常未醒。"绣球花、三尺寝都是夏天的季语，应该是去年夏天的笔迹。

　　从"あ"到"ん"的五十音字母，还有"蓝""天"等语文练习簿例字下面的空格里，父亲摹写的字迹皱巴巴的，仿佛要哭出来一般。"4+5""9+1"等个位数计算的练习簿旁写着答案，起初几页都没有错，打了很多表示正确的圈圈，但从第五六页便开始出现错误，母亲用红笔狠狠画着"×"，栏外写着父亲订正后的答案。看着这些愁眉苦脸的数字，我的心被揪得格外难受。

　　"我一定要治好你爸！"母亲曾多次跟我这样说。

　　是的，母亲将身心全都奉献给了日渐走向衰老的父亲。"你爸为什么会变成这样啊？净让人生气！"母亲总是打来电话抱怨。可等我回去时，父亲往往一副乐呵呵的样子，一点儿也看不出来有什么不对劲。母亲还经常交代我这个五十多岁的女儿"这个要吃那个也要吃"，还说"一起吃饭就是香啊"。她还开玩笑道："为了让你回家吃饭，我都不惜利用你爸呢！"母亲对父亲的照料可谓是倾尽了心血，这一点我深信不疑。

　　然而，5月18日周日晚上，发生了一件让我打心里感到战栗的事。

　　前面已经提过，在老家过夜的第二天，也就是5月18日，上午陪父亲去了天满桥，下午因为有事出了趟门。晚上7点半多回到老家时，正值"宴会高潮"。家里除了嫂子，还有表妹琉美、表弟应幸两家和小舅舅妈两个人。

　　我刚抬脚进门，嫂子就指着和室朝我喊道："你快看，你快看！"原来新佛龛前摆着一溜儿小碟子，有十多个，里面盛满了刺身、薯条、蒲烧鳗鱼、天妇罗、中华粽子、炸牛蒡等供品。"不错吧？这些供品虽然不是精进料理，却颇具我们家的风格呢！"嫂子得意地说道。"很不错啊，请妈好好享用，别客气，多吃点。"说完，我敲了下祭铃，双手合十祷告后，便坐在餐桌旁，加入了享用嫂子亲手所做"大餐"的宴会。

　　父亲的兴致比平时要高很多，一个劲儿地喝着啤酒或清酒，还吸起了烟。其实父亲常年都爱吸烟，可过了古稀后便被母亲强行戒掉，已经十多年没有抽了。父亲看到小舅吞云吐雾的样子时，也央求"给一支"，这好像是第二根了。

　　"我想啊，以后爸想吸一两根烟的话，就让他吸吧。妈在的话，肯定不会由他意的。"嫂子说。

　　"姑父吸得很乐呵呢。"应幸也说道。

　　母亲离世，父亲没有理由不伤心。但父亲对母亲的事始终只字未提，我们有些放心不下。是不是父亲觉得自己终于从母亲的唠叨中解放出来了呢？

　　"姑父这会儿整个人都飘飘然了呢！"应幸的妻子多佳子一边往父亲的玻璃杯里倒着冷酒，一边笑着说。

　　"可不是嘛，爸还乘兴唱了歌呢！要不爸再唱一次？"嫂子对着我说完，就催促起父亲来，"理津子也来了，爸就把刚才那首歌再唱一次让大家伙儿听听嘛！"

　　只见父亲满脸笑容，慢悠悠地回道："好啊，那我就再唱一次！"

　　"第一哟，人不可貌相。难道是软家伙吗？那个农大生……那个人真坚毅啊，那个人真坚毅……"

　　唱着唱着，父亲自己用手打起了节拍，明显沉醉其中，我们也跟着打起了拍子。虽不能说唱得很好，但好歹成调。父亲一直唱到"第五哟"才停了下来，大家都鼓起掌来。

　　"爸，农大生是不是指东京农大的学生啊？"

　　"是啊，那时我住在狸穴……"

　　"狸穴，在哪儿啊？"小舅妈放慢语速问道。

　　"在麻布那块儿……"

　　父亲进入大阪齿科医专前，曾在东京农大待过很短的一段时间，这件事只有小舅和我知道。那是战时的事情了，我的姑姑，也就是父亲的姐姐，分析了当时的社会形势，认为"看这世道，要是再在农大待下去，说不定就会被征去当兵"，便把父亲从学校喊了回来，接着就进了免除兵役的大阪齿科医专，为此好像落了个"非国民"的名声。

　　"那时还进了柔道部。"

　　这首歌应该就是当时的歌曲吧。一个连昨天吃了什么饭都记不起来的人，还能够回忆起六十年前仅待过一时的学校的校歌，很让人不可思议。父亲明显兴致很高。

就在那之后，父亲离开餐桌坐在了沙发上，嘴里喊着"理津子理津子"，示意我到他跟前去。父亲很少指名道姓。我走到父亲身边问道："爸，怎么了？"

父亲挥了挥右手，示意我再凑近一些，我便挨着父亲坐了下来。

谁知父亲突然压低了嗓门，却用力地说道："没有生命危险，真好真好！"

我一头雾水。

"什么？"

"你妈拿着菜刀要挥过来，还大声喊着……"

我怀疑是不是耳朵出了问题，却见父亲像是拿着菜刀一般，将两个手掌叠在一起，指尖朝向自己的腹部，接着又重复了与刚才一模一样的话："没有生命危险，真好真好！"

不是"命"，而是"生命"。刹那间，我感觉到，这不像是父亲随便脱口而出的词语，而应该是在心中斟酌了好久才讲出来的。

难道？……一股寒意瞬间袭上脊背。

"哪有什么生命危险啊？爸，您放心就好啦！"待我反应过来时，父亲早已仰着脸发起呆来，看来症状又犯了。

那天宴会结束待父亲回到卧室后，我把这件事告诉了嫂子："听起来虽不大可信，但妈经历这么多，肯定一时忍受不了，兴许是拿刀吓唬吓唬爸吧？"

嫂子却说："连你也开始说胡话了吗？妈没有理由那么做，那肯定是爸的妄想！"

我和嫂子仍旧说不到一处去。但那到底是父亲的妄想，还是真实发生过的呢？我不认为父亲所言百分之百都是虚假的。

母亲离世后，父亲从未主动说起有关母亲的事。按嫂子的分析："爸肯定认为回忆的话就会痛苦，何况作为一个大男子，不大好意思张口。"但我始终隐约感觉不止如此。

母亲独自一人照顾生病的父亲，应该积攒了数不清的痛苦和压力，在内心无比煎熬忍无可忍之时，终于爆发了出来。如果这一切是真的，那父亲当时肯定感到无比的恐惧……

心在滴血。

寻找养老院

在一天天照顾父亲的同时，我们也一直四处奔波寻找养老院。

起初我们对这方面的了解完全为零。话说介护保险制度制定后，我家附近就接连建了几座养老院类的设施。之前因为和自己无关，没怎么留意过。究竟应该从哪里开始着手呢？

似乎人到五十，便进入照料父母的"适龄期"。跟几位朋友联系，了解到他们的父母曾住过或仍在住的几家养老设施。我才知道有特别养护养老院、收费养老院、集体康复之家、疗养院等好多种。每个人都认为："我家比较幸运，进了个好地方。"我感觉，所谓的"好"并不是指养老院，而是想要说服自己"让父母住进去是个明智的选择"罢了。

一点点搜集信息、积累相关知识后，我们终于弄清楚了应该把父亲送到哪里才合适。无论是接纳身心均走向衰弱的收费养老院，还是只接收认知症患者的集体康复之家，只要是将来不会因万一住院看病赶出来，直到父亲走完人生旅程的地方就行。费用以入住押金三百万日元、每月十五万日元为上限，按这个标准，我们便找起了养老院。

刚开始时真的是一无所知，纯粹以为漂亮体面的养老院肯定要花好几千万日元，根本连想都不用想。后来我们了解到，当时养老行业行市暴跌，比如数年前养老院的入住押金一律都是一千万日元，但现在有三百万日元、两百万日元和免费等各种可供选择的方案，每个月支付的费用也相应有所差别。

我们最初参观的是位于住之江区的A养老院。介绍人是大哥为了考飞机驾驶证曾去夏威夷航空学校学习时的一位同学，后来和嫂子也保持着来往。那位同学说自己母校滩高的恩师在去世前就一直住在那里。

嫂子说："既然是滩高老师住过的地方，水平肯定不一般。"这种比附心态让人难以理解。但老实讲，虽然口头上没有说出来，我也朦胧有这种想法。都这个时候了，还有这种奇妙的自尊心作怪……

A设施建筑很时尚，明亮的光线从天花顶棚直泻而下。可刚进到里面，一股酒精消毒的气味刺入鼻中，我立刻就感到"没戏"。

"欢迎欢迎。"一身西装革履像是生意人的院长笑呵呵地迎了上来："今天比较忙，人手安排不过来，没法儿带二位上楼参观啊！""让我们稍微看一眼可以吗？"即便我和嫂子再怎么恳求，还是不行。就在大厅里，院长递给我们一份宣传手册："现在还有一个房间的床位是空着的，其他也有人想要参观，我建议两位早点下决定。"连房间都不给看，就让人立马决定住在这里？简直就是开玩笑！

谈话的间隙，时不时有围着围裙的工作人员推着坐在轮椅上的老人从电梯里走出来，面无表情地在自动售货机上买了罐装饮料后，又悄无声息地上了电梯。

出了楼，回到停车场，刚关上车门，嫂子立马就开了口："这里不行！"

"绿植说不定都枯了呢！"我补了一句。这是我的直觉。

参观的第二家B设施是介护中心负责人推荐的，说是"最看好的"，就在难波繁华商业街附近。从老家的公寓开车到那里只需要五分钟，地理上的优势自然不用说。但是看了房间后，发现连床带柜都是塑料制的，窗帘也是纯一色的白色，看起来就像是病房。"除了吃饭的时候，其他时间都可以在房间里放松休息"，换个说法就是，"一整天待在屋里，不准出来"。

"我父亲连电视的遥控器都操作不好……"

"没关系，这里每个房间都安装有监控器，可以从监控室里直接看到。如果有什么事，工作人员立马就会赶到，这一点不用担心。"

怎么可能不让人担心呢?

"爸要是住在这儿，估计脑子会傻得更快吧？"嫂子的想法和我一致，B设施便被排除了。

介护中心负责人曾建议我们："费用、场所、服务等，要考虑个优先顺序，总得有个让步的地方。期待过高的话，连空位都会等没的，到时麻烦的可是家属。"说的是有道理，但这些实在没法妥协。

咨询行政机构、上网调查、打电话、约谈见面……有一天从早上6点开始转了五家，两周内一共参观了十四家养老设施。我们本以为到处都住满了，没想到大阪收费养老院和集体康复之家竟然还有空位。

参观东住吉区的C集体康复之家时，我们特别感动。两层建筑物，规模不算大，坐落在绿林葱郁的公园前面，每个单元的入住者不超过九人。

周末傍晚，我和嫂子、琉美拜访时，院长在门口叮嘱说："三个人同时进去的话，可能会让老人们感到惊慌。麻烦每次一个人装作是我的朋友，跟我一起进去。"我们便错开时间分头参观。

院长是一位50岁左右的男性，穿着米色休闲裤。跟在他身后时，我发现休闲裤的后袋里插着一个小笔记本。

"您喜欢做笔记吗？"我试探着问道。

"住在这里的老人年纪都差不多，跟谁聊了什么天，如果不记下来就会混乱，所以尽可能当场做一下记录。"好感度陡然上升。

这里看起来就像是老年人自己的家。有的老人在和室里钩着花边，有的在客厅里笑着观看电视节目《笑点》，还有些老人正在厨房里和工作人员一起制作料理。

"是不是快到傍晚了，大家才来客厅呢？"

"不，整天都可以待在这里。"

入住者的要介护度从2到4的都有。明明都患有病症，但没有一个人是目光呆滞的。

"住在集体康复之家的老人可不是客人啊。养老院的话，想喝口茶也得喊工作人员倒。在我们这儿的话，自己随时都可以打开冰箱，随便从餐架上取杯子，自己能做的就尽量请她们本人去做。有些人来我们这里住上一段时间后，介护程度还有减轻的呢。"

我们看的空房间有六张榻榻米大，摆着木质的床铺，就是有点狭窄，连张沙发都放不下。"房间小正好，越是狭窄越不愿意待在屋子里，就会主动去公共生活场所活动。洗手间、洗面台也是公用的。万一有什么问题，我们能够及时察觉。"

我们三个人对这个地方很满意，当场就签了预入住申请书。栏内印有出生年月、出生地、成长地、家庭成员、原工作、兴趣、病历、身体状况、最近的生活情况、常去哪些医院看哪些医生等内容，栏外另添写着"最终学历"四个字。我们都有点不解："都是患病的老人了，还有必要了解学历吗？"

"我明白您的意思。但我们这样做，就是想让这里的每个人都能过得开心。"

人上了年纪都喜欢提年轻时的话题。住在这里的老人也常常会聊到学生时代。院长给我们讲了例子。有一次大家都在聊上女校或中学时的毕业修学旅行，恰好有一位阿姨没有毕业，自然没有参加过修学旅行，插不上话，慢慢地就不再主动聊天了，那位阿姨为此伤心了好久。后来其他人得知后，考虑到那位阿姨的心情，即便再想聊学生时代也都不提了。

"每个人在入住之前，生活环境千差万别，不会只有学校吧？有没有孩子，家住哪儿，不是和学校一样吗？"我们追问道。

院长的回答是："您说得很对。可根据我个人经验，对于老人来说，学校是一个特殊的存在。其他的话题很容易暴露人与人之间的差别，但聊到学校的话，就可以丢下所谓的优越感或劣等感。"

没道理。可能是时代不同，上一代和我们这一代的情况有所变化吧。现实问题是，住在这里的人都是旧制学校出身，所以也只能这样了。

我心想，裁判权既然是在院方，要是因为这件事吃闭门羹的话就不妙了，便按院方要求填上了学历。

可到了第二天，院长却打来了拒绝电话，理由是父亲是男性。听说院里为此还召集全体职员开了研讨会，但因为目前入住者全是女性，如果有男性加入，恐怕很难维持目前的氛围状态。

"虽然说是男的，但也80岁了呀！"

"确实是。可是我做这行也有二十多年了，不管到多少岁，男是男，女是女，这一点不会变。"

"昨天学历那件事也是，有点欠公平吧？"

"是有失公平，还请您谅解。"

据那位院长说，大多数情况都是妻子照顾并送走丈夫的。全国男女入住养老院的申请比例是一比四，所以才会造成这种不均衡。

两种选择

最终让人犹豫不定的有两家，一家是奈良县河合町的集体康复之家D，一家是东住吉区的收费养老院E。

高速不堵的话，到集体康复之家D需要开一小时的车。介绍人是我在奈良念高中时的一位同班同学，现在住在茨城县筑波市。多年来我和她都只是互寄贺年卡而已，南口阿姨来参加母亲的葬礼后，她的女儿（大哥的幼儿园同学）原来和我的那位同学认识，便把母亲去世的消息透露给了她，她便给我打了电话。

"其实我妈一个月前也走了。"

"咦？对不起，我才知道。"

"就办了场小型葬礼，所以没跟你说。"

看来当时大家的想法都差不多。

　　久未联系的昔日老友迅速变成了新朋。两个人你一言我
一语地聊着彼此母亲的事情。

　　"十年前我爸走后，我妈一个人住在又大又空的老家里，
她自己住根本就不行。给我爸办七周年忌回家时，我妈什么都
没有准备，按说我妈不是那种人，这是第一次我发现不对劲。
后来，我妈就常常坐在门口发呆，也不收拾房间，老家都快成
垃圾堆了。那时候偶然在我家附近发现了一家很好的养老院，
那里的工作人员也都很亲切。我想着我妈既然都那样了，便把
她送了进去，结果到她走之前的四年间一直住在那里，被照顾
得很好……"高中同学在电话那端说道。

　　她还有个哥哥，在东京经营着一家私人医院。她的对象
是一位研究人员，她自己在筑波市开有蛋糕教室。听她的话
音，好像兄妹俩都没想过亲自赡养父母，和我家情形差不多。

　　"我觉着我爸妈总是把孩子看得比自己重要。"她分析道。

　　她老家位于奈良市西部的一个乡镇上，离法隆寺不远，
住在一栋豪宅里，是当贸易商的祖父留下来的。她的哥哥离家
去读了大学。她去法国留学后又回到了父母身边，在老家开
起了蛋糕教室。三十多岁结婚时，她母亲劝她："将来我和你
爸两人都老了，你就更不想离开家了，就做不成自己想做的事
了，趁我们身子骨还硬朗时赶紧走。"她便趁结婚搬到了筑波。
她的父亲原来是私立高中的英语老师，母亲是药剂师。读高中

时，我常常在她家里借宿，当时她家给人的感觉就是充满着先进气息。

"我想我妈最后这几年一定很孤单，但知识分子都想得很开啊！"同班同学叹了口气。她母亲在身子骨还很硬朗时，就常常苦口婆心地劝她说："我不想连累你们兄妹俩，要是我一个人没法照顾自己，就把我送到养老院里去。万一那时再犯傻，就千万别犹豫。"

"我妈估计是不愿意让孩子为自己做什么牺牲才会那样说。但毕竟是战前长大的人，想法应该比较传统，想待在自己家里。我们也不想让她晚年过得委屈，所以拜托给专业人士更放心。"

打她母亲四年前住进集体康复之家D后，她便和哥哥轮流两周一次坐新干线去看望。她母亲在生前的最后一年，连自己的女儿都快认不出来了。虽然每次去探望时只是待一小会儿，但起码露露脸以免真都忘记了。"要是我问她今天想不想回家，我妈就会摇摇头，意思是更愿意住在养老院。"

"有个叫小莓的介护员能让人放一百个心，对我家的情况很熟悉。假如让我们兄妹俩照顾我妈的话，肯定不如小莓照顾得周到……真想请理津子给小莓写本书，要不我把她介绍给你吧？先不说写书了，小莓在的那家养老院，我妈的房间万一空出来，你也可以考虑把你父亲送到那里。"

　　我赶紧请她帮我联络后，便开车去了D养老院。以前回奈良老家时常走阪奈高速，但这次走的是奈良南部的西名阪高速。在法隆寺立交桥下了高速后，一望无际的田园风光映入眼帘，带有岁月痕迹的旧集落和新兴住宅区毫无秩序地散布其中。虽然是同一个奈良，但和老家所在的奈良市区相比环境截然有别。D养老院坐落在大和川河堤附近的道路旁，是一栋两层建筑，比之前看的养老院都要逊色很多。

　　然而，建筑里的氛围大为不同。系着粉红围裙精神饱满的年轻女介护员小莓满脸笑容地迎接了我们："已恭候各位多时啦！"厨房里站着几位老太太和年轻的工作人员一起忙活着，食堂里有一位坐在轮椅上的老头正在看电视，像是在等着开饭。和C养老院一样，这里到处洋溢着一种融洽舒适的氛围，立马就给我留下了很好的印象。

　　小莓带着我们将院内的角角落落都转了一遍。当我们在参观同学母亲曾住过的那间空房时，小莓说道："片冈（我同班同学的旧姓）女士母亲的口头禅是：'真丢人啊！'原本自己什么都可以做，但慢慢地什么都做不了的人很爱这样说，我觉得他们心里也是百感交集吧。一般人都会疑惑：连自己的父母都不愿照顾，送到养老院是什么意思？但我知道各家有各家的难处。片冈女士的母亲晚年来我们这里住，我觉得还真是来对了呢！"

那个房间和C养老院的房间一样狭窄，但从窗台可以望到花草长势茂盛的后庭。当回到有老年人坐着的食堂后，小莓又说："在我们这里做什么都可以。'请给我拿这个''请帮我做那个'什么的在我们这里行不通，都是大家自己动手。早上起来如果想喝点儿啤酒，我们也会尽量满足。有的人刚住进来时身体相当弱，但过段时间还恢复了笑容呢！"

"也有的老人不明白为什么要住在这里。我们不会当场随便编个理由搪塞过去，比如'就住一小段时间''等您孩子再来时就回去'。我们会通过和这些老人长期相处，慢慢地让他们认清楚这个残酷的真相。之前开车带一位老人回他老家时，我就说：'这是谁的家啊。草都长这么高啦，人都不在了，谁谁一个人也没法住啊，还是回养老院吧。'虽然症状会加重，但大家还是有几分把握现实状况的能力呢！"

小莓专门挑在食堂里说这些，可能也想让在场的老人们听到吧。这让我想起同班同学说的"能让人放一百个心"这句话，和父亲对常去的关电医院的想法一样。

D养老院定员十八人，也接纳男性，但女性占了八成。建筑稍微有点破旧，可还能接受。回去的路上，陪我同去的琉美说："这里挺好的，关键不是建筑物照顾人。"嫂子也同意："从房间窗台上看到的后庭和奈良老家的院子有点像呢，我感觉不错。"可是，在连接西名阪高速与阪神高速的松原合流点附近，车辆开始拥堵起来："来这儿要花一个多小时呢！每周都接送的话可能有点吃不消。"

两天后的晚上，小莓乘电车转地铁特意来到大阪和父亲见面。和小莓先行碰头的结果是，让她扮成是我"在奈良养老院工作"的朋友，介绍给了父亲。

"远道而来，欢迎欢迎。"父亲热烈地迎接了小莓，可谁知在一派祥和的"聊天"中，父亲突然变了脸："够了，请您回去吧！"然后就绷紧了嘴巴。难道是察觉到了什么？头脑机灵的小莓不动声色，依旧乐呵呵地说道："我工作的那家养老院啊，想请大内老师过去给老人们做一次牙齿健康检查呢！"

毕竟好久没被人喊"老师"了，应该会有效果。父亲究竟会如何反应呢？过了几分钟，只见方才严峻的表情从父亲的脸上渐渐消失，他笑着婉转地回道："啊呀，上了年纪了，干不动了呢！"是拒绝，但很委婉。

"突然有陌生人来家里，产生警惕很正常。您父亲的反应说明他能察言观色，也就是说不妨碍沟通。慢慢跟他讲的话，他会认清现实状况的。可能要花些时间，但我想他应该能和其他老人融到一块儿的。"小莓回去时这样说道。

"养老院里应该没有熟悉大阪、奈良的人，我担心和其他人聊不到一起去，我父亲会不会觉着不安呢？"

"我们是专业人士，会从零开始向每一位入住者认真请教

的，这点请不用担心。"小莓果断地回道，"我自己也是因为
工作，从石川县来到了人生地不熟的奈良县，不也没什么问题
吗？"听到这些后，我心里踏实了起来。

　　我和嫂子都想要赶紧定下来。然而，养老院的规定是，
本人或家人的住所和养老院不是一个地方的话就无法入住。我
便和同班同学商量，打算把父亲和女儿恭子的户籍转到她老家
里去。本想就这么定时，但最终还是纠结于距离过远，怎么也
下不了决断。

　　就在那个时候，我们在网上注册的养老院中介网站帮忙
介绍了东住吉区的收费养老院E。

　　不走高速的话，从父亲住的地方到那里只需花二十分钟。
七层楼的建筑看起来像是酒店或高级公寓。进门后是装饰着
壁炉的大厅，接着是盛开着各色时卉的中庭。走出缓缓运行
的电梯，出现在眼前的是每一层的专用大客厅、餐厅，有正
在专心刺绣的老太太，还有和女介护员一起翻着大画册的老
爷子。每一位入住者的穿着打扮看起来都要比其他几家养老
院整洁。

　　"洗浴用的温泉水是用卡车运来的，是一种不会降温的氯
化钠碳酸温泉水。"

　　"每月第三个周六，我们会请音乐大学的学生来院里，在
一层大厅为大家举办古典音乐会沙龙。"

"如果不满意我们提供的餐食，可以申请免费调换。"

院长长着一张圆脸，穿着看起来好像是茑屋、友都八喜工作制服的花格子衬衫，说起话来过于恭敬，像是搞推销。

一切都太过完美，让人不禁有点怀疑。但是嫂子偷偷对我说："没有比这里再好的了。万一有人来看爸，爸脸上也有面子。"

"会有人来吗？"

"没有吗？"

"爸好像对古典音乐不怎么感兴趣，顶多唱个校歌。"

"但最起码可以打发无聊啊。"

"这里也是老太太居多。"

"爸肯定受欢迎。"

"可是，和集体康复之家不同的是，在这里要是不说'给我倒杯茶'，恐怕连口水都喝不到……"

"放心吧，爸已经习惯让人伺候了。"

嫂子一贯的"积极思考"出现了。我的脑海里回响着从集体康复之家D回去的路上琉美说的话，"关键不是建筑物照顾人"。不过，眼前这种隐约漂浮的高级感又确实能在一定程度上减轻日后心底那种"让父亲住养老院"的愧疚感。入住押金三百万日元，每月十四万日元，勉强在预算范围内。

"去集体康复之家D每次都要花高速费和油费，这里虽然有点贵，但路费可以省掉。要是进了D，刚开始还能每周挤出时间去接送，但就我俩的工作情况来看，肯定坚持不了多久，说不定就一直让爸一个人待在那儿呢。这里的话只需要二十分钟，随时都能来接爸。"

嫂子说得头头是道。虽然只能周末接父亲回家小住，但要是去附近工作的话，还能顺便露个面多看几眼。距离终究是个大问题。

几天后，穿着花格子衬衫的院长来公寓和父亲面谈。父亲问他："喝啤酒吗？""好，那我就恭敬不如从命了。"院长说完便爽快地一饮而尽，感觉很不错。

"您喜欢吃什么？"面对院长的"质问"，父亲笑着答道："这个嘛，当然是好吃的啊！"我们便决定"就这里了"。

但无论如何也不敢跟父亲直说，我们便先申请了"体验入住"。终于快要到去养老院的前天夜里，嫂子张开了口："爸，我接下来要说的话，您要仔细听啊！明天起，我要去夏威夷出差，理津子也要去东京出差。其他人也来不了，就想先请爸去酒店里住上三天两夜。酒店是专门接待老人的，很不错，前几天来家里的那位朋友正好在那里工作呢。"

"出差""酒店"这两个词就是借口，纯粹是为了让父亲不起疑心。父亲抱着胳膊肘说："知道了。"

第二天早上，我和嫂子一起去送父亲。院长就在停车场等着，我便跟父亲说："您看，之前他来过咱家，是这家酒店的老板。要是有什么问题，他随时都会帮您解决的。"

"嗯，知道了。"父亲的后背看起来缩了很多。我突然想，说不定父亲早已看透了我们的"伎俩"，只是不想让我们难堪，所以才装作很明理。

"接下来由我来为您领路。"院长没有让我们陪父亲进去，而是示意赶紧离开。我便把手提包递给了院长。

"那再见，爸！后天就来接您回家。"

发动引擎后，我不敢抬头向父亲那边望去，一脚踩了油门，狠狠地踩了下去。眼泪簌簌地掉了下来。嫂子起初要强地说道："爸说不定会认为这里比家里还要舒服呢。"但最后也变成了一片哭声。

汽车缓慢地行驶着。走到差不多距养老院E和父亲老家公寓中间的大国町交差口一带时，不可思议的，我和嫂子都猛地止住了眼泪，那一瞬间，整个身体也轻松了起来。在等绿灯时，我俩都伸了一个大大的懒腰。"接下来这三天，可以不用考虑爸的事情了！"——虽然对父亲充满说不尽的愧疚，但我们"暂时得以解脱"。

"能在心斋桥停一下吗？我去买点东西。"嫂子说道。

看来嫂子和我想的一样。

朋友

送父亲去养老院E"体验入住"的当晚，我又开始投入了"夜晚生活"。那天恰好有朋友们小聚喝酒的"阈值会"。虽然身心俱疲，但一想"要是趴下的话就真的完了"，便打起精神去参加了。

请容我插句话，这个聚会就是一个轻松的喝酒会。当初由做电影制片人的老相识环子一手策划，她在当时的天王寺区玉造一家居酒屋"随风随人"召集了一些年轻女性朋友喝酒聊天，一月聚一次。其实八十年代"女子网络"人气很高，相关媒体人也常常来南区的居酒屋定期举办信息交流会。"阈值会"持续两三年后自动消歇，可过了十几年后，也就是前几年又作为单纯的饮酒会复活了。高唱"女子网络"的时代早已一去不复返，也不谈论什么高深的话题了。偶尔有年轻的新朋友加入，只是喝喝酒聊聊天，相当宽松。

如果要问为什么叫"阈值会"，其实这个名字是我起的。

我曾在采访读过早稻田大学研究生的女演员秋吉久美子时，听她说过："成为研究生后，日常会话中使用的汉字越来越多了。"她举了个例子，就是"阈值"二字。有一次我在酒会上提起来时，先只说了发音，除了理科出身的一个人外，其他人的反应都是："难道写作'生血'？"当然，如果不问秋吉久美子女士是哪两个字的话，我也不会知道。

"不不。好像说是能引起新化学反应的界限值。"

"这么说的话，不是和我们这些事情多得脑袋都快要爆炸的人很相似吗？"

经这么一类比，大家不自觉地就把酒会称为"阈值会"了。

那天约好的是7点，但我晚了一会儿才赶到居酒屋。六七个人酒意正浓，其中有三位朋友都是在母亲葬礼结束后立马给我发来了邮件。

"理津子，很不容易啊！不容易，不容易！"

"辛苦啊，肯定够呛……活着真的是很累啊！"

朋友们很体贴，知道要是当面对我说"请节哀"的话，肯定又会惹我伤心，都尽量用轻松的口吻跟我打招呼，我确实长舒了一口气。

我想："好不容易聚一次，可不能因为我破坏了氛围。"所以大家偶尔问什么，我就答什么，将过去三周内家里发生的事大概聊了一下。当时照顾父亲的事情还没有稳定下来，我也尽量装作积极明朗地表了态："工作还是得照样做啊！"

谁知一位朋友马上接道："我妈两个半月前也走了，还有一大堆事等着处理呢！"她也好久没在"阈值会"上露面了。

"哎呀，我妈去年这个时候被查出患了胃癌。这会儿想想，反正上年纪了，当初随其自然就好了。可医生说如果疼起来连饭都吃不了，便听建议做了切除手术，谁知道手术却失败了。我妈的身体越来越衰弱，没多久就得肺炎走了……"

"真够受的啊……"大家一阵唏嘘感叹后，她又接着说道："我妈大正十二年生的，论年纪的话，也算高寿吧。还真不愧是我妈，从住院用的洗漱用品，到在善光寺里买的入棺用的草鞋、手杖、寿衣等老早就置办好了，可等她走后才在壁橱的顶柜里发现。明明准备的有，就是没跟我提过。"说完便苦笑了起来。

大家纷纷聊起了各自的父母。

"我妈呀……"

"我爸走的时候……"

岁月不饶人。看来大家都多多少少有些父母离世或照料双亲的经验，所以在那次的酒会上聊了很久。

"我妈可不一样，现在精神头儿还很好。就拿我们这群人来说，也不知道谁会先走一步呢！真希望阈值会能一直开下去，喝喝酒、吐吐槽的也挺好。"

说话的是新闻类杂志总编辑大田，比我小三岁。正说着时，听到一声"好久不见"，大野也来了。大野原来是写真画廊的策展人，因为丈夫工作调动和留学，曾去菲律宾、澳大利亚生活过，六七年前回的国。和我年龄差不多。她已经半年没来参加阈值会了。

"咦？谁说'希望阈值会能一直开下去'呢？"她迅速融入进来，"我以前不是开过一家'老爷子闲聊吧'嘛！我很清楚，要趁年轻时练出酒量，这样的话不管到什么年纪，都能开心喝上几杯呢！"意外地又将话题转向了老年人。

"在八十多岁的老爷子面前，我们这些四五十岁的根本就是年轻的大姐嘛。那些不扶就站不起来、走路摇摇晃晃的老头子，一喝酒就会拉住我们的手。可别介意，随他拉多久就拉多久。"话一出口，众人都笑了起来。

大野有一个妹妹。"爸突发脑梗病倒，赶紧回来。"大野得到消息后立马就回国了。幸好脑梗没有造成致命伤。

她父亲原来是承建商，总是喜欢和兄弟们一起喝酒，退休后也常常从泉北新区的家里专门跑到大阪市内的小餐馆和老同事会面。在来回接送了一段时间后，她突然想："爸的时间也不多了，想陪爸一起尝尝美食。""家附近要是有一个爸能随意喝酒的地方就好了。"后来就租了一栋房子，和搞生协活动的三个朋友开了一家店，也就是前面提到的"老爷子闲聊吧"。以前只是零零碎碎地听过一些，这么完整的来龙去脉还是第一次听到。

"那赚到了吗？"

"哪有？刚好够本儿。店里都是预约制，类似于在自个儿家聚会，不需要经过卫生保健所许可，省事！"

一传十，十传百，"吸烟也没关系，不小心躺在地上也不碍事，厕所上不好也不用怕"等小道消息一传开，上门的人络绎不绝。"那这就缺个介护员了呀！"大野便考了二级介护福祉士资格证，还学了推拿。结果预约常常爆满。大野本来就喜欢也擅长料理，来店里的老爷子们对大野和朋友们做的料理赞不绝口，嘴上喊着"好吃好吃"，相当尽兴，喝得醉醺醺的也很常见。

"老爷子连小便都控制不了了，可还在那儿继续喝酒，真是可爱啊！就算有些糊涂，说话口齿不清甚至还打岔，但他们脑子里很清楚什么是开心高兴。在家里这也不行那也不准的，在我这里啊什么都自由随意！"

所以，大野的结论是："想喝就喝，这样才能喝一辈子。"我们都不停地感叹："佩服，佩服！"

大野说，本来她就是专为父亲才弄了这么一个"私人场所"，租期三年，两年前父亲去世后，她就把"老爷子闲聊吧"给关了。

我先开口说道："不过你做了这么多，即便老人家走了也没有什么后悔的吧，肯定是。"谁知大野轻快地回道："才不是，其实还有很多想为老爷子做的呢……"

这时，环子朝向我说："是啊，理津子，很多人都会在父母离开后后悔为何当初没有好好伺候。我也是，现在想起我家老太太还满是愧疚，一直想对她说'对不起对不起'……"

我记得环子在抚养孩子的时候，全都是拜托孩子的祖母。

"无论是哪个家庭，孩子为父母做的，远远比不上父母对孩子的付出。"

听大野说了"老爷子闲聊吧"的事，我垂头丧气地暗想："自己绝对做不到那种无私忘我的地步，作为人真的很失败。"环子可能察觉到了我的心思，所以才说了这些话来安慰我吧。

大野拍了拍我的肩膀，说道："照料老人的话，肯定很容易就想到会失去自我，做什么都不自由。可是理津子，趁你爸还活着时能让他过得开开心心的，也是很有意思呢！"被拍了一下的肩膀似乎略微轻松。

之后，大家的话题便转向了电影、《源氏物语宇治十帖》等，又恢复到了普通的聚会模样。但现场听了别人的经历后，内心的不安、害怕、恐慌等仿佛缓解了不少。

聚会结束后，我又和那三位推心置腹的朋友去了常去的酒吧。

"对不起，这个时候，我这笨嘴笨舌的不知道该说些什么才好……"酒吧老板说道。

"没关系没关系，拜托照常接待就行。"

那晚在酒吧里的事情没有什么特别的印象，就是边聊"一般"的话题边喝酒。和朋友待在一起的夜晚，我感觉自己被治愈了很多。末班电车早就没了踪影，像往常一样，四个人拦了一辆出租车。

"江坂、桃山台、萤池各下一人……"插画家松井忍还没说完，司机就转过身来应道："最后一位是到宝塚吧？"

"咦？你怎么知道？"

"之前几位也在这里上过我的车。"司机说道。

"这也太巧合了吧？！"

"都说大阪大，真小啊！"

"夜游欧巴桑四人组啊！"

我们肆意嚷嚷着。

到了江坂，大田说："姐，下个月还来阈值会啊！"然后便下了车。

接着是我在桃山台下。刚刚坐在前排座位上的高桥想换到后排，也一起下了车。她紧紧抱住了我，在我耳边轻声安慰道："没事没事，这条路大家早晚都要走。"高桥好体贴。

"嗯，是啊，谢谢。"我回道。

是啊，父母不管谁先离世，都要照顾剩下来的那个人，无论是谁，都要走这条路。可是，我家的情况更要糟糕，极端地来说，照料父亲的话，连明天的钱都要发愁，根本没法跟那些老家有兄嫂打点支撑或经济无忧的人相比……

"嘭"地关上车门，跟朋友挥手道别。出租车的尾灯渐渐缩小，直至不见。

吊唁之辞

本来不打算跟工作上有来往的人提母亲离世的事情，可是一次次拖延交稿日期或者对方很难联系到我时，只用一句"有点忙"来搪塞的话很难让人信服。

母亲病危时，紧赶慢赶才将东京旅行杂志的稿子写完并交上。到了商量校对的时候，我才鼓起勇气跟负责人N解释："其实……不过葬礼已经结束了，请不必挂怀。"话音还没落，大阪出身的N便在电话那头喊道："没这个理儿！井上女士，没这一说！"

结果第二天，N便送来了一大束由编辑部和广告部六个人联名的白色鲜花。

"现在应该忙得够呛，等过后好好犒劳犒劳你。"打电话的是一个地方政府研究所的所长。三年前，我以外部研究员的身份曾在那个政府的季刊编辑部做过助理。自从所长上次在梅田的小饭馆请我吃过饭后，我俩已经好久没有见面了。第二天，就收到了所长送来的玫瑰线香。

　　大家可能认为送点东西表示一下会让我比较开心，虽然我感觉有点困扰，但还是很欣慰，感谢他们不是以例行公事千篇一律的态度来对待我。

　　差不多也是那个时候，有两件工作上的商谈让我记忆深刻。

　　一件是和某广告代理店的两位负责人商量事情。"连累各位为我调整时间，实在不好意思。"（因傍晚过后要照顾父亲，更改了本来约好的时间点）一见面我就道歉，可是对方两个人什么话也没说，便开门见山直奔主题。结果我发现自己根本无法集中注意力，到了中途耳朵轰鸣得厉害，渐渐地听不到对方的说话了。即便我努力在心里劝自己"不行，这样不行"，却丝毫无济于事。

　　另一件是和创元社商量《大阪名物》（新版）和《关西名物》这两本与友人合著出版的事情。"请您节哀顺变。"责任编辑M先是低头致意，又问了我目前的状态略表关心，之后才开始商量出书的事情。也许这样做很有效，我的大脑自然而然地就切换到了工作模式，交流意见，侃侃而谈，完全没受到私事的影响。

　　商谈结束后，我和合著的朋友在一家意大利餐厅喝酒时，朋友说："我很佩服你。我家猫咪死了都半年了，我还一直提不起精神呢。你这么快就振作起来了！"

我绝不是已经"振作起来了"，但也并非硬撑："没办法，如果一直消沉下去，我害怕再也站不起来了。"

即便是现在，我也觉得自由撰稿人这种工作很没有保障，更不用说那个时候。我完全不懂收支，每年拖到报税的最后一天才开始核算一整年的收入。计划性全无。当发愁没有钱的时候，便会有好工作意外找上门来，简直就是走钢丝绳度日，和前夫分开后还能保持经济独立也算是奇迹。我没有多少存款，所以更没有理由停滞不前。

我把这两件商谈时的事讲给嫂子时，嫂子深表同感："我也和你一样啊。要是周围太过关心就觉得压力很大，但丝毫不关心的话自个儿心里也不是滋味。我在公司发个呆跑个神的时候，就会有人过来问问我安慰我。"

嫂子又说："我常常会想啊，之前有些同事的父母去世的时候，我是不是也做到位了？'以人为镜可以正衣冠'嘛，理津子。"

还有，那个时候与母亲从上女校时就是好朋友的斋藤阿姨给我打电话，说了一堆掏心窝的话，也让我很感激。

这要从头说起。当时从母亲的通讯簿里找到几位朋友的联系方式打电话时，不知怎么回事，竟然把斋藤阿姨给漏掉了。斋藤阿姨是母亲最好的朋友，电话号码和家庭住址"大阪市东住吉区……"可能都被母亲熟记于心了，所以就没有专门往通讯簿上记。葬礼结束后没几天，听到消息的斋藤阿姨就打来电话："我不信，怎么都不相信！"两三周后又打来电话，先问了一句"现在有空吗"，和母亲的客套话一模一样，接着便是一气呵成：

"我一直都很后悔，后悔得不得了。为什么那个时候我没有更强硬一点，劝你妈做个预防腿脚浮肿的手术呢？后悔得不行啊！脚上的血栓飞窜了对吧？我听说我认识的一个人也是得了浮肿，但做了一个小手术就去除了，还不留疤。我便劝你妈：'你也做一下吧，万一因为这个没命的话那可怎么办？'但你也知道，你妈这个人她讨厌医院，跟我说'不要紧不要紧'。她不听我说的话啊！早知如此，我当时就算硬着脖子也要拉着你妈去医院……"

"总之你妈从来就不听我的劝。开车也是，我劝她，'别再开了，万一撞到人出了人命怎么办'，为这她还跟我生了几次气。她嫌我啰唆，好歹跟她约好'等到八十岁就不开了'，她还是不情愿。她根本都没有不打算开车这个心……"

"她总是抱怨你爸糊涂犯傻，可前几天我跟她打电话时，说起'经常在电视上露面的那个人'时，你妈怎么都想不起来那个明星的名字，结果你爸在电话旁边说'是浜村淳吧'。我就怪你妈：'根本都不糊涂嘛，比你还精神着呢！不要再唠叨你家那位傻掉了啊。'可你妈就是不听我的话……"

　　母亲总是跟我提起斋藤阿姨，听得我耳朵都要长茧了，不过我只在上高中时跟斋藤阿姨见过一面。有可能斋藤阿姨也常从母亲那里零零散散听过我的一些事情，才会毫不客气地跟我讲这些。关于母亲的事，她会说："我一直在想啊……"比起那些冠冕堂皇的客套话，斋藤阿姨的话显然饱含着真心实意。这无疑是最好的"吊唁之辞"。

正式入住

　　5月23日，养老院E三天两夜的"体验入住"结束后，父亲回到了家里。

　　"酒店，怎么样？"

　　"就那样。"

　　稍微放心。

　　"饭菜合口吗？"

　　"就那样。"

　　"那就好。房间呢？"

　　"就那样。没有啤酒。"

　　"那可真是可怜。"

"女客比较多？"

"是啊，净是些厉害的。"

"男客呢？"

"吃饭时就见到一个。"

"什么样的？"

"不怎么说话，老头子嘛。"

我本来下定决心要跟父亲"坦白"，那不是酒店，而是下周起就要"正式入住"的养老院，但嘴上依旧继续采用了"酒店"这个词。

跟嫂子提起这些时，嫂子说："爸说就那样，意思就是还不错。要真是不习惯，就不会那样说了。"

"好吧，好像也是。"我尽量说服自己。

跟嫂子一说，我自己一个人无法承受的情绪就转化为了正能量。就算让父亲住养老院，但每周末都接他回家，不会给他造成太大的负担。就这样想吧！

"以后就平时住养老院，周末回家，区分开来。不是很好吗？周末我争取做些好菜犒劳犒劳爸。"

"是啊，一周其实也很快。"

"很快很快。三周后不就是父亲节吗？那天早点把母亲的四十九日法事办了，再把大伙儿都喊过来，就让爸开心期待那一天的到来吧！"

"好主意！"

要是没有凡事积极的嫂子走在前面拉着我，我肯定会一直徘徊在犹豫惆怅的深渊里。

"给爸住的房间里啊，摆上电视机、沙发、多宝格橱架，吉娃娃装饰品也放上，尽量弄得跟家里差不多。窗帘换成和客厅一样的黄色，练习打高尔夫的垫子也都带去。"

乐观展望"光明未来"的嫂子总是及时给予我满满的勇气和力量。

然而，等到了"正式入住"那天到公寓接父亲时，前一天晚上住在老家的嫂子突然说公司有急事请不了假，结果就变成了我一个人去送。任务艰巨。

明明刚才还在想今天无论如何也要把真相告诉父亲，可张口还是撒了谎。

"那位老板说欢迎爸再去住一段时间呢，这周要不也去吧？"

"呀，就算了吧！"

"可是今天没有跟日间介护中心打招呼，我下午也有工作，这让人很为难啊！"

"为难"二字刚出口，连自己都吃惊不小。难道父亲是"让人为难"的存在？老人对这些词是相当敏感的。其实我应该换个肯定又好听的说法"您去那儿的话我们就放心了"，但为时已晚。

只见父亲咬着嘴唇，一动也不动，看来是很难让他"理解"了。我当时巴不得父亲的病能够立马发作，这样的话就可以趁他在弄不清楚理由的情况下送去养老院，老老实实地顺从安排。

那一刻，自己犹如恶魔。

催促兼强硬地给父亲穿上袜子、换好鞋子之后，又好歹哄着他上了车，彼此始终保持着沉默。可当汽车慢慢开动后，父亲突然像是讨好般说道："这车前面挺宽畅，比我家里的车要好哪！"

"要不就拐其他地方看看吧？"

我这样提议，就是想着为刚才的事跟父亲道个歉。最合适的应该是淀川区的诊所，但无奈恰好是反方向，心想要不就等下次有时间再去，便绕道去了天王寺区的大阪府齿科医师会馆。

父亲五六十岁时曾担任大阪府齿科医师会的理事，还做到过常务理事的职位，向来都引以为傲。在那期间，他把诊所、关电健康管理室都交给了最信任的弟子T先生来管，自己则全身心投入齿科医师会的运营。那段时间可谓是父亲的黄金时代，一到中元节或者年关时，家里总会收到很多赠品。齿科医师会馆应该是一个充满父亲黄金时代美好回忆的绝佳场所。

"到了3点，大家聚在一起开会……一到傍晚，就商量着去哪里吃晚饭，那个时候啊……"当我踩了刹车将车停在停车场时，父亲小声说道，眼睛始终望着会馆的入口。

"都是很久以前的事了啊！"

"是啊，很久以前了，我也老了……"

停车场的看门人员走过来，问我们要去哪里。父亲摆了几下右手，我回道："我们就是来这里看看，待会儿就走。"

"很怀念吧，爸？"

"嗯，很怀念啊！"

父亲的神情开始恍惚起来。

只有我和父亲两个人的乘车，都隔几十年了吧。我不禁想起了那些和车有关的往事。

小时候，几乎可以说是每周末，父亲都会开车带着我们去兜风。琵琶湖大桥建好后就去琵琶湖，阪神高速变为环状后就去大阪，神户港塔竣工后就去神户……因为太过频繁，便习以为常，没有什么新鲜感。大家都说父亲是"服务家人"，母亲却说："才不是。明明都没有拜托他，就是喜欢拉别人出去而已。"去也就去了，当然很开心，可是每次都累得疲惫不堪。如果赶上"朋友过生日"没办法去兜风，我们会高兴得直喊"谢天谢地""终于可以歇口气了"。

父亲开车时，大哥坐副驾驶座，我和母亲就坐在后排座位上，这已成了我家乘车惯例。从后排座位透过父亲和大哥的背影，能看到一条长长的大路在前车窗外绵延，似乎没有尽头。我不禁联想到，年轻时坐在驾驶座上的父亲，可能就把这条路当成了家人携手共行的成长之路。大哥和我不知不觉间长大，应幸和琉美也都有了各自的小家，那条大路便有了分歧，逐渐扩展。直到几年前，父亲还在主干道上继续前行着，可现在……我不禁有点伤感起来。此刻，身体缩得小小的父亲坐在副驾驶座上，是不是也在回想曾经各个时期的往事呢？

"爸，记得小时候，您带我们去过很多地方呢。"

话题突然转换，出乎意料的是，父亲竟然接上了。

"是啊，很小的车，可跑了很远哪……"

"肯尼迪总统被暗杀的新闻，也是在车上的广播里听到的呢。"

那年秋天，名神高速还只能通到滋贺县的栗东，父亲开夜车带我们去东京。天亮后就要下箱根关时，广播里传出了肯尼迪总统被暗杀的新闻报道。1963年我才8岁，不知道为什么会对这件事记得这么清楚。

"可不是嘛，很震惊，一辈子也忘不了啊。"

面对我随兴而发的感怀，父亲却能够从容应答。看来无须多言，我和父亲也能做到心意相通。我不禁暗想，就算待会儿要去养老院，父亲心里也会明白。这是个好时机。离开齿科医师会馆后，我张了口："好啦，那就赶快走吧。"父亲连问都没问，便回道："是啊，快走吧。"我在心里祈祷了起来：但愿就这样心平气和地到养老院，连"这就好这就好，我理解理津子的心情"这句话也不需要，乖乖地听从安排就行。

那天到养老院后，同样是花格子衬衫院长和楼层负责人在停车场等着我们。

"大内先生，欢迎您再次光临，房间已经准备好了。"

家具、家电、窗帘等早已提前搬进了房间，那天的行李只有两个装着一周换洗衣物的手提包。楼层负责人将手提包接了过去，轻轻松松地提在手里。我默念道："您看，爸，这里的人都很和气呢。"

院长挽着父亲的胳膊，一步一步地走进了楼里。父亲始终一言不发。父亲的房间安排在五楼，乘电梯上去。穿过公共空间，两个人在宽敞的走廊下慢慢地走着。

"爸的房间在那儿。噢，还写着'大内先生'，画着爸最爱的高尔夫球呢！"我努力让自己的声音听起来轻松明快。

父亲抬着沉重的步子，总算挪到了自己的房间。书箱上摆着VISA卡的会员杂志，多宝格橱架上摆着和以前家里养的吉娃娃金太很像的小狗装饰品。"爸快看啊，和公寓差不多，这样就感觉不到孤独了吧？"我再次在心中默默地向父亲喊道。

"坐吗？"当我正要打开预备好的折叠椅时，父亲猛地发起火来："不要太过分！"

父亲把椅背敲得"咚咚"响，怒吼道："不要太过分！"

不知道父亲是从哪里来的力气，明明那么瘦小的身体，仿佛歇斯底里。

"爸，您听我说……让您住在这里，实在没有其他办法了……您一个人在家里肯定不行，我们也不放心啊！这二十天来大家都很累，真的坚持不下去了。不可能一直这样的……"

我一边哭一边说，父亲也眼含泪水，却依旧高声嚷着："不要太过分！"待在公共空间的老人们不知道出了什么事，一下子都围到了敞开着的房门前。

"周六我就来接您，这几天委屈您就住这里……"

"不要太过分！我要回家！"

院长和两个工作人员飞奔而至。

"接下来就请交给我们，请您先回去吧。"

"可是……"

"不用担心，我们已经习惯了。"

"可是……"

"这是常有的事，没关系。"

"谢谢，那就拜托您了……"

我擦着泪，头也不回地离开了房间。父亲的怒吼声从背后传来，在我上了电梯后依旧从脑海中挥之不去。

上了车，狠狠地关上了车门。

回家路上，打开FM收音机，飘入耳中的是披头士保罗·麦卡特尼的 *The Long and Winding Road*：

"You left me standing here... a long long time ago."

"你让我留在这里等待，在很久很久之前……"

偏偏在这种时候……

那晚我就在家里准备养老院后来要求提供的父亲的"备忘录"。含有家庭成员、居住地、工作经历的表格早就交上去了，但养老院又说："为了方便工作人员陪您父亲聊天时多点话题或灵感，希望能多提供一些信息。"不过今天提交是不可能了。

那天我也是疲惫不堪，可动笔写起来后怎么也刹不住。从儿童时期曾被表彰为"健康优良儿童"，攀登土佐堀通的昭和桥时被警察批评，姐弟关系要好到被姐姐直呼"小弘"，到上北野中学时进过橄榄球部，读齿科医专时曾沉迷于演剧，昭和二十九年（1954）在北区开设"大内牙科"诊所……凡是我所听到的关于父亲的事，都一一列举了出来。回忆着回忆着，我才猛然察觉，父亲的一生由形形色色的板块构成，我所知晓的事情只有七巧板的数片而已。这些还不是从父亲口中直接听到的，几乎都是从母亲那里听来的。

父亲是大阪经营漕运的人家的儿子，在战前某种程度上

可以说是富裕的环境里长大的，战后成了牙医，也享受过经济
高速增长时期的丰裕。和母亲一起看演剧、写俳句、打高尔夫
球。也喜欢新兴事物，比如学过世界语，爱好收集百利金和万
宝龙牌的钢笔。家庭和顺安泰，不缺朋友。然而，如今只剩他
一个人孤苦伶仃……

　　我一边回忆着父亲的种种，一边将家人、亲戚、朋友等
人的名字及关系都列了表。还有，食物尤好寿司、鳗鱼、涮涮
锅，啤酒选KILIN，清酒喝八海山，威士忌只认老伯威等，也
都一并敲上。还画了奈良老家、南堀江公寓、东三国诊所的略
图。用A4纸打印出来后，洋洋洒洒竟然有六张。我想，这么
大的量读起来肯定要命，便像工作一样推敲删改了好几遍，终
于减到了一半。第二天，我便用快递把资料寄了出去。

父亲的想法

　　结果，打着"酒店"的幌子，让父亲"正式入住"了养老
院。一旦撒下谎言，就很难改了。

　　"说成酒店的话，爸会感觉幸福的。毕竟脑子半糊涂了，
分不出来酒店和养老院有什么不同。"嫂子的语气干脆利落，
可仍难以缓减我对父亲的愧疚之情。

"晚上9点入睡。"

"早上7点起床，胃口很好。"

刚开始两天，院长事无巨细地发邮件"汇报"父亲的情况，过于谦逊的措辞让我感觉有点别扭，但又想不愧是细微周到的服务行业。看到这些令人安心的内容，自己稍得拯救。

我还收到过一封咨询邮件："您父亲洗澡时，您希望只限男介护员帮忙吗？"我如果是老人，肯定不愿意让异性介护员看到自己的裸体，便觉得这个问题不用问也能明白，随即就回复了过去。可发完之后，我又不禁想，介护员是女性占多数，洗澡时如果要等很长时间，那父亲岂不是很可怜？纠结了好久，最后我又补发了一封邮件："尽可能请男介护员帮忙，实在不行的话女介护员也可以。"看起来像是没有回答一样。

虽然时不时地有这些让人感到头疼的小事，但毕竟专业人员随时在身边守着，父亲在养老院的生活应该算安稳舒适。

上午泡温泉，在养老院兼营的日间照看中心游玩散心，到了下午就比较自由，可以待在公共客厅或房间里。早饭选的是西餐，午饭和晚饭是由大阪屈指可数的餐厅出身的厨师准备的日料。吃饭时虽不能喝酒，但饭后可以点些啤酒、威士忌、日本酒等。就拿我听说的这种生活来看，说不满意或不快乐都不大可能。

可实际上还真发生过不得了的事，但当时并没有人告诉我。

父亲住进养老院的第四天，前夫去看望父亲，听说父亲当时心情很不好。前夫将特意带去的虎屋小块羊羹拿出来放在桌子上时，父亲一把抓起来扔到地上："那东西，我才不稀罕！"

"怎么了，爸？这可是爸喜欢的虎屋羊羹啊！"

前夫想要去捡散落在地板上的羊羹时，父亲哼的一声将头扭到了一旁，身体止不住地颤抖。前夫一看不宜久留，便早早撤退了。

听说父亲还总是向其他老太太询问："您开车吗？能不能捎我一程？"（可能是在找母亲，也可能是想找会开车的人送他回家。）还撬开房门进过紧急通道，有一次半夜里用高尔夫球杆把地板敲得"咚咚"响……

这些事情当时我一点都不知道，父亲去世后我才从院长和前夫那里听说。

纽约医院的工作定下来后，外甥启又短暂回了趟国。"我原想着去看看爷爷开开心心跟他老人家聊聊天，结果爷爷摆出一副很可怕的面孔，发火说'给我走！'真是搞不懂，很失望……"

这是我唯一听说的父亲在养老院时的"负面"举动。

也许前夫和院长担心我知道的话会难过，便没有立马告诉我，对此我很感激。如果我当时就知道父亲住进养老院后是那样痛苦，说不定自己早已崩溃。

　　去接父亲回家时，我们都很开心。工作人员说："您父亲一大早就高兴得等不及了呢！"父亲一见到我们便露出了满脸笑容，走路时三步并作两步，连上车也很利索。

　　"这周过得无聊吗？"

　　"不，很忙哪！"

　　"咦？很忙？"

　　"昨天去了四国。"

　　四国指的是德岛县鸣门的姑姑家，不过姑姑五年前就已经离世了。

　　"是吗？四国的姑姑，身体还好吧？"

　　"是啊，很有精神。在那儿我还和你绪方叔叔打高尔夫了哪……"

　　绪方叔叔是父亲学生时代的朋友，当时虽然还在，但和病魔正做着抗争。

　　"哦，那很好啊……"

　　"（路）很拥挤，昨天（回来）晚了，真累啊。"

　　坐在车里的父亲时不时地流露出愉快的认知症状。我不禁舒了口气：父亲的妄想没有发生任何变化，依旧是些让他开心的事。我甚至乐观地据此揣测，父亲在养老院的生活应该很平稳。

父亲的症状仍然时好时坏。

一回到家，父亲先喝了杯啤酒，然后去附近的按摩店里做了全身按摩，神清气爽地回到公寓后就躺下午休了。当他醒来时，除了我和嫂子，其他几个亲戚也到了家里。晚上，把大哥在网上订购寄来的鳗鱼、哈密瓜摆上餐桌，便又开始了"家宴"——和父亲的"蜜月"仍旧继续。

6月份第二个周末，启的新婚妻朋子挺着大肚子从东京老家赶来参加"家宴"，父亲的愉快心情达到了高峰。

儿子渚当时也在场。父亲可能把渚和与渚看起来差不多年纪的朋子都认作了学生，不知动了哪根神经，突然问道："《与诸君书》，读过吗？"

"哎？那是什么？外公学生时代的书？"

"是啊，大家都读过，《与诸君书》。"

后来我查了一下，这本书是康德哲学的著名研究家天野贞祐在京都大学任教授时写的，战前战后曾作为畅销书风靡一时。因为太古老了，在场的人都没有听说过。渚听到后就偷偷捂着嘴笑，朋子用笔记了下来，贴心地回复道："好，我读一下，有空就去书店找找。谢谢您。"

接着，父亲又把"矛头"转向了嫂子，当时嫂子正忙着从大盘子里往父亲的碟子里夹菜。

"敏子啊，就是爱管闲事。"父亲一脸认真。

"什么？爸竟然说我爱管闲事？"嫂子噘着嘴回道。

"姑父以前不是说过，爱管闲事就是敏子姐的优点嘛。"

应幸这么机灵地一解释，父亲淡淡地笑了起来，然后又朝着我说："理津子得写一本能火的书啊！"

"啊？"

"得写一本能火的书啊！"

父亲都这副状态了，脑子里竟还想着我的事，让人感到很意外。

"好好，我就按爸说的努力，真有可能的话，我也想写一本能火的书呢！"我脸上笑着，可心里怎么也笑不出来。一是被刺到了痛处，二是我曾在某周刊杂志上看到过一句话："脑子糊涂的老人要是有一天说起了正常话，那就是大限将至了。"

那晚和嫂子一起洗刷收拾时，我说："今天爸说的话，听起来跟遗言似的难不成是快要走了？"

嫂子立马回道："说什么傻话呢？一点都不吉利。爸就是几杯酒下肚就高兴起来了，还说自个儿不糊涂呢！"

周六在家时，父亲的心情一直很好。但等第二天周末快要到回养老院的时间时，我刚说："爸，差不多该出发了……"父亲便开始不乐意。

起初父亲还很温和："今天啊，我看就算啦。"接着脸上就渐渐地蒙上了一层乌云，发怒道："我不去，我死也不去！"给他穿上衣时怎么也不愿意伸胳膊，袜子也执拗着不肯换。最后，父亲终于怒吼了起来："不要太过分！"

"爸，对不起，求求您了！"我不停地道着歉，连哄带骗，才好歹将父亲请上了车，开始往养老院驶去。送父亲的人不是我就是琉美两口子。到养老院时，依旧是和第一次来时一样泪流满面，分明是一场眼泪拉锯战。

琉美两口子去送时，父亲在车里通常都绷着脸不说话，到养老院后，顶多是摆着一张不情愿的脸催促他们："（琉美的家在三重）家离得远，早点回吧！"可能是有点客气。每次琉美送完父亲回来都会哭着跟我打电话："姑父肯定很难受……"

"理津子太容易动感情了！"嫂子虽然这样说，可到最后她一次也没去送过父亲。每到周末下午，嫂子总会有其他事情插进来。要说我和琉美没有不满根本就是撒谎，但嫂子周六周天出力确实不小，便不好意思跟她理论了。

嫂子还常常翻来覆去地念叨："唉，爸真可怜啊！前一阵子谁会想到变这样啊。"过了一会儿又说："但没办法，我们也得继续过日子……"

恭子有次和我一起送完父亲回来后，感叹道："小孩子去上幼儿园时，哭着嚷着'不想去不想去''想回家想回家'，可等习惯后，就会发现幼儿园挺有趣的。养老院是不是也一样呢？"这句话宛若拯救自己的救生艇。恭子生下来不久便被送进了托儿所，所以看到那些两三岁才上托儿所的孩子们追在母亲身后喊"妈妈，妈妈"时，完全无动于衷。

好吧，就努力把幼儿园的孩子和养老院里的父亲想成一回事……

能够让父亲开心度过一个周末的满足感和周末结束后送回养老院时的辛酸感总是无法分割开来。

收拾老家

父亲刚住进养老院时，原本想今后只需在"周末回家"这两天费点心就够了，不管是工作还是个人生活也都能够恢复到日常轨道上来。然而，一切只是空想罢了。

前四个周末都接了父亲回家。在那期间，嫂子往美国明尼阿波利斯出差四天两晚、关岛出差两天一晚，我也去和歌山县汤浅、兵库县柏原出差，当天去当天回，到德岛和东京出差时各住了一晚。母亲刚去世不久完成最终校对的新书出版，可实在抽不出时间和精力去举办新书宣传活动。诊所那边，嫂子招呼着前台接待工作，我一周去一次负责收款（患者自费部分）。如此忙碌的日常和每周接父亲回家似乎无法长期坚持下去。

"我想跟你商量件事儿。"6月最后一周，嫂子打来了电话，听起来有点拘谨，"爸的'周末回家'安排，能不能改成两周一次呢？"

"什么？"

"现在我俩不管谁要是倒下，那就完了。"

"嗯，我也一直想跟嫂子说呢。每周的话的确有点吃力。"

"那就争取两周回来一次吧，毕竟是持久战。"

"是啊，可怎么跟爸张口呢？"

"我给院长打个电话，拜托他转达一下，人家是专业人士嘛。"

"赞成。就这样办吧。"

"对了，还有一件事。"嫂子接着说道，"我每天下班后不是要拐公寓一趟，给妈敲个铃，给花换换水嘛。但敲完铃后，还总想顺便开开窗透透风，说实话，有点累。我想着不如把佛龛搬到我家来，这样就不用每天去了。"

"可不是，这样也行。"

"还有啊，那个公寓空着太浪费了，停车费也很贵。"

房租和物业管理费每月十三万八千日元，停车费两万日元，合计十五万八千日元，都是从父亲的账户上取出来后再支付的，前不久刚交了第三回。养老院每月十四万日元，还有床下铺的脚垫（半夜要是跌落到垫子上，办公室就会知道，工作人员能迅速赶到房间查看情况）是两万三千日元，我才给养老院汇了过去。每月这些庞大的支出让人发愁。

"是浪费，嫂子说得有道理。"

往常的话都是嫂子先下结论，这时候却磨磨蹭蹭欲言又止的。

"爸来我家里住就好了，偶尔去你家里也行。"

"…………"

"说实在的，想让爸恢复正常一个人住公寓是不可能了。我的意思是，既然这样，不如早点行动。接下来的一个月加把劲，争取在7月份把老家腾干净。你认为呢？"

我明白，这是早晚的事，可一直以来谁都不愿意主动去想它。我一想父亲好可怜，眼泪差点落下来，可无论从道理上还是从经济状况上来看，我都没办法反对嫂子的提议。

"这种事一旦定下来后，最好是一口气做完。"

之前说要分一下母亲的遗物，可在过去的两个月里，加上琉美、应幸的妻子多佳子，也仅是分了手绢而已。

"一个月应该不够吧？"

"不，我们要拿出干劲才行。要是卖房子肯定更要命，还好是租的。"

"可要是自家房子的话，不卖不也可以吗？"

"你现在说这些有什么用。"

"也是……"

"什么时候跟爸说呢？"

"就为这些事总麻烦院长也不大好，等下次去接爸时再说？"

就这样，我们便开始准备"收拾老家"。6月最后一个周末，我们取消了第五周接父亲"周末回家"的计划，在父亲不在的公寓里做出了上面的决定。

虽然只是两室一厅，可仔细审视的话，发现家具多得让人头疼。冰箱、餐架、餐桌、沙发、书桌、书架、多宝格橱架、两台电视机、两张床、梳妆台、佛龛、和服箪笥、和式书桌、洗衣机、烘干机，等等。三年前从奈良老家搬到这里的时候，母亲下决心处理掉一大批东西，只留下了最低限度的必需品。"丢东西很耗费体力，上了年纪后就干不动了，趁现在年轻还好。"我突然想起了当年76岁的母亲说的这句话，可还是有这么多家具。

空调、地毯、窗帘都是才置办的，衣橱里挂满的衣服、橱柜里塞着的琐碎物品，无一不凝缩着父母的人生。这样犹豫下去不行，物终归是物罢了。如果不狠狠心，根本没办法着手处理。

佛龛、空调、沙发、洗衣机、地毯、窗帘都归了嫂子，书桌、两个书架我收下，和服箪笥、和式桌子、绿植让琉美拿去了。"本来家里就没地方了，这下子得在家里学螃蟹横着走了。"即便嘴上这样说，可还是很顺利地决定了。剩下的家具也想过在网上转卖，但没有人能抽出工夫，只能处理掉。家具里的东西要全部清空，光想想就觉得够呛。正巧那个时候，家门口的邮箱里塞进来一张"家具一站式回收"宣传单，便请对方估了个价，粗算下来需要三十万日元处理费。最后我们给大阪市大件垃圾回收中心打了电话，请他们一个月后来上门回收。

一周后，7月的第一个周末，我们把父亲接回了家。在车里，我提心吊胆地把开始收拾老家的事情详细告诉了父亲，父亲的反应再次出乎意料："那可不是个轻松的活儿啊！"面对父亲一副似乎事不关己的态度，我有些扫兴，但又长舒了一口气。

"爸，很对不住您，但公寓就那样放着的话，很费钱的。"

"那个就是吃钱的无底洞啊！"父亲的回答让人摸不透他到底听明白了没有。

父亲走进散乱着纸箱的房间，依旧和往常一样悠然地品尝啤酒，然后去按摩店，回来后照常午休。

"妈的衣服，我们几个就分了啊！"父亲听到后，不紧不慢地回道："随便，随便……"琉美手拿着江户切子古董玻璃杯问道："这个能送给我吗？"父亲也是一模一样的回答。那一天，父亲说了几十遍"随便，随便……"

"我觉得爸还没弄明白状况。"嫂子说。我却感觉，父亲把悲伤和痛苦埋在心里，始终一再隐忍，不愿意说出口来。或者，父亲很想表达，可无奈失去了组织语言的能力。我之所以这样想，是看到父亲接二连三地把书桌抽屉慢慢地打开又合上，或是用湿巾擦拭着电视遥控器，这些不是父亲平时惯有的举动。

我们尽量不打扰父亲，便先打开了和服箪笥，从和服开始收拾。装着和服的贴纸散发着一股防虫剂的味道。

"这件访问着①适合敏子姐呢！"

"这件小纹②和理津子很搭吧？"

"我猜妈可能想把这件付下③送给琉美，肯定是。"

---

① 译注：访问着，整件绘有完整图案，适用于正式场合。
② 译注：小纹，绘有重复的细碎花纹，适用于日常场合。
③ 译注：付下，访问着的简化版。

…………

这一小段时光有些伤感，但又很开心。

拉开第三层抽屉，里面放着绸和友禅①。这些都是我结婚时母亲一针一线为我缝制的，但一次也没穿过，因为家里没有地方保管，便又送回了老家，连固定衣服的缝线还没有拆。

"对不起，谢谢。"我心里虽这样想，但又很讨人嫌地说道："妈净把钱花在这些没用的上面。"如果不把回忆丢在一边，不压制住感情的话，根本没办法继续整理。

嫂子打开了和室壁橱："这里面该怎么处理，只能交给理津子了。"

我抱出一堆茶褐色的相册。有父母单身时代的照片，还有结婚照。缀满补丁的旧针线箱、版权页上标着昭和十七年（1942）的和式剪裁教科书、舅舅们寄来的盖着昭和二三十年代邮戳的信件、载有大哥上小学时在奈良公园和外国游客合影的剪报、有我参加的钢琴发表会节目单……大哥和我的脐带还都完整地保存在桐箱里。年代较新的则有"启寄来的第一封信""恭子的第一幅油画""五岁的渚送的生日礼物"等，都包在纸巾里面。这些都是收拾奈良老家时母亲说什么也不愿意丢

---

① 译注：绸，绢丝制成的和服，著名的有大岛绸、久米岛绸、结城绸等。友禅：绘有花鸟的和服。

掉，精心筛选出来的。

"母亲这种人哪，就是会把这些东西都当宝贝呢！"嫂子以一副没什么大不了的口吻给母亲下了"一般论"。

"可我们也好歹是当妈的啊！"琉美笑着应道。

扔进垃圾袋里的东西，过了一会儿又犹豫着取了出来。就这样反反复复。母亲和父亲年轻时的日记仍留着，还有两本在我出生前早就去世的祖父的日记。祖父的日记在收拾奈良老家时被翻出来很多，记得当时都捐赠给了大阪历史博物馆，眼前的这两本不知道是漏下来的，还是说父母想留在身边做个纪念。我感觉不能擅自偷看，可又觉得就是留给自己看的。总之先保留下来。

夹在相册里被一同翻出来的，还有我在小学六年级暑假时写的"自传"。五十四张稿子一折两半，缀着用画纸做的封皮。

"理津子好厉害，从小时候就喜欢写文章呢！"

稿纸的格子很密，下笔相当有力，开头写道："悲惨的第二次世界大战结束后的第十个年头，在举世和平安稳的昭和三十年十一月二十一日，我来到了这个世上。"十一岁时的自传。

"哎哟哟，自尊心还挺强嘛！"

因为自己是女孩子父母很高兴，个头不高常被称为"小木偶"，"爸爸""妈妈"的叫法风靡流行的时候对这种美式称呼的感想，为了培养我感性诗意的心灵父母带我去奈良公园散步……都毫不害臊地写了出来。"幼儿园时代"一页上，还有一段小标题为"和父亲在一起"的文字。

那时并不像现在上下学都有父母接送，每天早上我和父亲一起出门，走到国道的某个地方分手，父亲去车站，我去幼儿园。通常8点半左右从家里出发，但时早时晚。和父亲分别的时候，我还不会认钟表，父亲便教给我认表的九段法，这些都写在了日记中。最后写道："我俩一个说'我走了'，一个说'走好'。我看着父亲一步步离去的背影，不停地挥手。"

我应该没有主动写自传的念头，一定是父母让我写的，只不过内容都是自个儿想出来的。我没有想到，那个时候的我是如此"喜欢"父亲。

这份"自传"也被我带回了家。

第二个周末依旧没有去接父亲，大家又聚在一起收拾东西，到了下下个周末才让父亲回家。父亲看到堆满纸箱的房间后又像是在议论旁人家的事情一样，只是说了一句："哦，收拾得差不多了。"曾经的家被整理成现在这副模样，父亲看在眼里，不知道心里是何滋味。应该不是丝毫无动于衷，可终究嘴上什么也没说。

那天，研究所的一位年轻女朋友和对象一起送来了供花。她事先问我对花有没有什么要求，我便说："那就麻烦选母亲最喜欢的凌霄花吧。"朋友便送来了鲜艳的橘红色凌霄花和搭着白色满天星的花束。明明是从芦屋专门赶来的，为了让我不必介意，便说是"恰好来这边有点事"。她的父亲住在札幌，六年前也去世了。

"我妈说呀，她连看都没看就把父亲的东西全给丢掉了。不愧是北海道的女人吧？当时我很惊讶，可现在想想，这种干脆也有它的道理。"她笑着聊道。

朋友待了片刻就离开了，可她的话却让我的心情轻松了许多。

在奈良老家的院子里，一到夏天，凌霄花便热烈绽放，橘红色的花朵爬满了紧挨着车库的墙壁，茂盛到让人目眩。

"爸，还记得吧？奈良老家也有这种花。"

父亲点了点头，只说了两个字："是啊！"

那晚，我就在四周堆满纸箱的客厅中打地铺，刚睡着就梦到了母亲。母亲走后，这是我第一次梦到她。

不知道是在公寓，还是在奈良老家，嫂子、我和母亲三人开心地收拾着东西。父亲没干什么正事但也没打扰我们，自顾自地转悠着。母亲好像是说"瞧瞧，还有这里呢"，打开了二楼的橱柜，把嫂子和我的迷你连衣裙拿了出来。就是这样一个梦。

我在网络日记上补道："母亲可能是想来帮忙吧。哭也好，笑也罢，再过两周，一切就都结束了。老家于我，正渐行渐远。"

之后，我们把母亲开过的车卖给了二手车中心，继续整理公寓。转眼就到了7月最后一周，请搬家公司的人来公寓把之前分好的物品各自送到了嫂子家、我家，还有琉美家里。除了家具，还有许多餐具和衣服。那个周末，我们喊应幸、山、前夫几个男士来帮忙把剩下的家具、家电搬到了一楼，当作大件垃圾处理掉了。

好在是，公寓旁边的垃圾堆放点可以随时丢放不超过规定尺寸的可燃垃圾。当我把鞋子、衣服、锅具等全都搬过去后，竟发生了一件意想不到的插曲。

东西一放下，一个流浪汉便凑了上来。越过离公寓很近的道顿堀川，就是浪速区，那一带风景与公寓这边大为不同，搭有很多流浪者居住的蓝色帐篷。这个人可能就是从那里赶过来的。

那个人指着锅问我："大姐，这个可以给我吗？"

"当、当然可以，谢谢。"

等上了十楼再次抱着东西回到垃圾堆放点后，又多了两个流浪汉。第三次又来了一个人，到了第四次还来了一位牵着小狗并拉着两轮拖车的人。消息传得真快。装有父亲鞋子的袋子一拿出来，他们便打开袋子一一试穿了起来。"这个好像他可以穿，我拿回去吧！"显然是没忘了伙伴的那份。等到了傍晚，我已经和他们很"熟悉"了。

"有被子吗？"

"嗯，嗯，请等一下，我这就去拿。"

这件插曲让人好笑又感激。看着老家物品不断减少房间渐趋空荡而催生的伤感和痛楚，因几位流浪大叔的出现而缓解了许多。这是做梦也没有想到的。

母亲的"安身之所"

"我跟你大哥说了后，你大哥说他对那些根本不感兴趣。好像是不关自己的事儿一样，说什么'你撒的话就请自便'。我边撒边哭，'妈，妈，我们来老大家里了'，谁知你大哥又说'骨灰可没长耳朵'。真是，这都什么人啊！"

8月初，老家总算收拾得差不多了。嫂子请假飞到洛杉矶住了三天一晚。当听她说想把母亲的部分骨灰撒到大哥家的院子里时，我也有点懵。虽然不像大哥那样夸张，但是我也不认为这样做有什么意义。

"那可是妈最喜欢的洛杉矶啊！最喜欢的老大家啊！哪怕就一点点，我也想把妈的骨灰撒在那里。"

"可嫂子也很累啊，不要紧吧？"

"没事没事，为了妈，做什么都值。"

我和嫂子的对话大概是这样。

嫂子乘了十多小时的飞机后，又从洛杉矶机场花了一个小时才到大哥家里，没有逗留便回来了。

以前大哥即便去神社寺庙，也绝不会双手合十参拜。"反正跟理津子你说也不会明白。"虽然摸不透原因，但大哥就是这样一个人。

"可是啊，你大哥切了很多西瓜放在餐桌上，说是加代子最喜欢吃了，让我吃惊不小。妈肯定很高兴能去老大那里。哎呀，我肩上的担子总算可以放下来了。"嫂子露出一副安心的表情。这是嫂子作了结的方式，大哥则是通过切西瓜。看来，每个人想为逝者做的事，还有冲淡悲伤的自愈方法是不一样的。

母亲去世后，我发现自己常常会想起她。这和临终前重复无数次的"谢谢""对不起"有些不同。曾经一起生活时在客厅里做和裁的母亲，二十年前对着刚出生的恭子扮鬼脸玩躲猫猫的母亲，开心地抱着T恤、鞋子、玩具、点心等一大堆从美国买回来的礼物来我家要送给恭子和渚的母亲，打电话时总会先说一声"喂，是我呀！现在方便接电话吗"接着就抱怨几句父亲的母亲。无一例外，母亲都是面带笑容。

"葬礼过去两三个月后，走在杂乱的车站时，总会感到有跟母亲很像的人。"我本来对一位较年长的朋友分享的体验充满期待，可这种感觉始终没有发生在我身上。然而，满面笑容的母亲屡次浮现在我的脑海，可能是听到了我祈求冥福的心情吧。或许是，我并不需要特别的"形式"来安慰自己。和大哥切了满桌西瓜不同，我把母亲的照片摆在了客厅里，对我来说这就足够。那时我对当时开始流行的树木葬、骨灰饰品等也从未动过念头。之所以这样，是因为举办了一连串的佛教葬礼仪式。

我一直都很喜欢寺庙的宗教氛围。何况，我是在毗邻奈良东大寺的土地上出生并长大的，短期大学读的也是佛学系。除了这些偶然因缘，近二十年来通过为旅游杂志撰稿的工作，我将关西一带的寺院差不多转了个遍，稍能领悟写经、坐禅、阿字观的神妙。还有，进入深山里常常会发现供奉着佛像的小寺庙，路边的石像也时时映入眼帘，在我看来，佛祖应该是芸芸众生的心灵寄托与依靠。从那之前的一年开始，我和阈值会的三位朋友结成"四人组"，分好多次去四国八十八所灵场巡礼，当时还没有转完。

"佛教葬礼"和我喜欢的寺庙氛围虽不大一样，我也对它有些淡淡不满，但偶尔还是会出席。初七过完，还有二七、三七、四七……当菩提寺把写有每七天要举办一次的追善法事日程表交到我们手里时，我和嫂子立马拒绝了："现在要照顾父亲，哪有空儿理会这些？"

说心里话，我觉得保留最基本的"佛教葬礼"仪式即可。我并不否认别人说的"日本佛教的法事能够抚慰遗属的心灵"，然而请大师来念一场如同对牛弹琴的经文，连发票也不给开就要支付好几万日元，我对这种做法深感怀疑。

不过，6月份的七七（四十九日）法事、8月份的百日兼初盆①法事都按常规举办了。要说起原因，菩提寺的大师不会讲道，办四十九日法事当天来的既不是住持也不是葬礼时诵经的师父，而是一位初次见面、较为年轻的大师，在他诵完经后，我们略有过交流。我当时问他四十九日是什么意思，谁知就成了办这两场法事的开端。

"我想您也知道，四十九日又称满中阴。中阴就是介于生与死，也就是阴与阳之间的交界处。待在这里的期间满后，就是满中阴。什么意思呢？就是说在佛教里，人死后不是马上就能升往极乐世界的，而是每隔七天就要接受一次冥

---

① 译注：指人去世四十九天之后迎来的第一次盂兰盆节（中元节），较受日本人重视。此时全家人常会聚在一起，为故人举办盛大法事，隆重祭祀。

界审判，还要在人间和冥界的交界处徘徊一段时间。等到第四十九日，就要接受十五位冥界最高层的审判官，也就是阎魔大王的最终审判。"

"小时候，大人经常会说，生前积德行善升天堂，作恶行凶下地狱。举办四十九日法事就是为了让亡灵接受一个好的审判。"

那位大师的解释简洁易懂。对我来说并非耳目一新，但刚开始还嫌不耐烦的恭子、渚和表妹的孩子们都竖起耳朵认真地听了起来。

"那我母亲应该托您的善德前往极乐世界了吧？"嫂子问道。

大师的回答很时髦："是啊，用现在的话来说就是，老人家已经在那边安置好了家，像公寓或者独家院，安顿下来了。"

我不喜欢把"服丧期满"当作祛除死亡与污秽的开端，但并不否认"死后的世界"存在。这样的佛式解说很有意思，加上这么一类比，就感觉那个世界还不错。这种解释方式很受欢迎，我完全接受了。我不由得漠然联想到，母亲在那个世界安置好住处的话，不管父亲什么时候过去也都不用担心了。就算在通往那个世界的途中认知症又发作，母亲也会拉着他往新家，劝他"往这边走"。当然，这些并没有说出口。

接下来便是百日兼初盆法事，收拾完老家后的 8 月 10 日，正好是周日，我们把大师请到了嫂子家里。

"初盆应该准备点什么才好呢？"

嫂子和我没有一点头绪。每年母亲都会在盂兰盆节摆上很多供品，可我和嫂子都没怎么帮过忙。

"就像办四十九日法事时拜几下不就行了？"我说。

"不行不行。之前人家不是说过吗？初盆就是妈第一次回家，应该有很多讲究。"嫂子回道。

之后，嫂子在商场里打听到"最起码要有灯笼"，便买了绘着粉色莲花的座式灯笼回来。"人家说这个是引路的，是告诉妈要回这里。这东西看着便宜，可花了两万六千日元呢。"

在嫂子家有六张榻榻米大小且铺着地板的房间里，古朴陈旧的佛龛被搬到这里已经十天了，与房间里原来放着的低脚柜、书架还没有融到一起。嫂子把崭新的灯笼摆到了佛龛前面。

那天早上去养老院接父亲回家时，我在车里跟他说："从今天起爸要去嫂子家住了，今天大师也来嫂子家了。"父亲露出半懂不懂的表情，不知是自觉顺从了还是怎么回事。等到了嫂子家时，父亲开口喊道："我回来了！"

佛龛前的小桌上摆满了嫂子手作的精致供品，有高野豆腐，用南瓜、莲藕、地瓜等做的五种料理，还有海带豆腐汤、米饭，以及母亲最喜欢吃的西瓜和素面，但嫂子还谦虚说是自己随便做的。

"真丰盛啊！"父亲说。

经常聚在一起的亲戚中，琉美因子宫筋肿动手术、小舅因跌进河里受重伤入院没有来成，不过住在四国鸣门的姑父（父亲亡姐的丈夫）和大儿子夫妇赶了过来，大家围着父亲吃饭聊天。

姑父已是86岁高龄，仍然精神矍铄。

"过去人们都说，百日法事可是最要紧的。这天要跟佛祖报告，四十九日已经过了，遗物也整理完了，该做的也都做了，好让逝去的人安心哪！"姑父说完，像是征询父亲同意似的问道，"你说呢，弘老弟？"父亲温和地回道："噢，是哪！"

我感觉奇妙的是，有姑父这位长辈在场，现场的氛围好像稳重了很多。

线香点燃后，大师念起了经文。围着烧香台，父亲领着大家轮流上起了香。我依然听不懂大师念诵的经文，渐渐地，却犹如美妙的乐曲般在我的耳边久久萦绕。心里有两个自己依旧在争论："你这是认同佛教葬礼了吗？""不，也不是这样。"

"理津子就是爱讲理。"母亲再次笑着浮现在我的脑海里。等到这场法事结束后，这个房间便会成为母亲新的"安身之所"。

然而，这个房间并不只是母亲的"安身之所"，不久也会成为父亲的"安身之所"。只是在当时，这一切都无从知晓。

入院

"大内先生得了肺炎，现在正坐救护车赶往关电医院。您可以过来一趟吗？刚才跟您嫂子联系时没有人接，便给您打了电话。"

院长的电话打进来时，是8月23日上午10点多。那天前夜里我写稿写到天亮，被电话吵醒时，脑子依旧昏沉沉的，我使劲摇了摇头。就在刚才，母亲还出现在我的梦里。这是在收拾完老家后第二次梦到母亲。上次的梦里母亲还在整理橱柜，显得很现实，可这次就仅仅是感到"啊，是妈呀"，一个短暂得不能再短暂的梦。难道母亲是想说什么吗？

我不是一急起来就什么都顾不上的人。"冷静！冷静！"为了让自己沉住气，我故意放慢了动作。给那天下午要见面商谈的人打电话把时间改到下周后，又冲了个澡。给小爱倒上一满碗狗粮，穿好衣服，涂了粉底，然后才开车出门。

新御堂筋有点堵，到关电医院后正值中午。院长在四楼的谈话室等着我。

"昨晚发烧三十七八度，还咳嗽得很厉害。像是感冒，可是早上一看呼吸都很困难，院里的问诊医生来看过后怀疑是肺炎。现在大内先生还在手术室。"

过了一会儿，父亲躺在担架床上出了手术室。我看到父亲时，突然想起了让母亲延命时的痛苦场面，一个冷淡的念头掠过脑海："爸难道是要寻死？"虽然这样说有点怪，但有那么一瞬间，我想，既然都是死，那就按父亲本人的意愿来吧。曾力求让母亲延命的嫂子当时正在成田出差，"得明天才能回大阪"，那现在正好是机会。

意识模糊的父亲戴着氧气罩躺在病床上。我站在旁边向父亲说道："爸，要挺住！"唯愿他此时此刻感觉不到难受或痛苦。

"这个地方有些发白。"医生指着胸部透视片给我看，并详细说明了使用的抗生素药物。"支原体""肺炎球菌"等词语听起来像是遥远国度的语言。

病房是四人间，意味着并非重危。

"肺炎会致命吗？"

"肺炎导致的死亡率随着年龄增长而上升，占老年人死因第四位，并不是很乐观。"

"意识能恢复多少呢？"

"可能几个小时，也有可能无法恢复。"

中年医生用低沉的声音回道。意思是，极有可能就这样离开。但我瞬间又想："人不会轻易就走的"，和刚才的想法有些矛盾。不过就这样子走掉的话也算幸运，起码不用受什么罪。我不禁又回忆起母亲病危的三天里那副让人不忍直视的模样。人如果不会轻易就走，那父亲就没有生命危险……

"爸被安排进了四人间，暂时还不要紧，但有时间的话还是早点过来比较好。"我给应幸打电话时，应幸说："今天难得没有安排。"下午3点时他便赶了过来。我完全忘了那天正好周六。父亲刚住进养老院时，我们想着每周都要接他回家，但渐渐地，连两周一次都做不到了。

应幸到后，父亲依旧意识模糊。即便问"爸，难受吗"，父亲也没有反应，一个劲儿地昏睡，时不时地皱一下眉头，可能是呼吸困难，肯定很难受。但除了用手摸摸额头，其他什么也帮不上忙。

"这样躺着是什么感觉呢？姑父以前就爱睡午觉。这会儿看起来很像是在午睡，但感觉应该不一样吧。"

"我总觉得他知道我们在这儿。"

应幸和我互相努力安慰着。

"会面时间还有三十分钟。"医院的广播在病房内响起时，父亲仍然没有恢复意识。"爸，明天再来看您。"说完我俩便离开了病房。

我和应幸望着夜空走了二百多米，进了阪神Hotel地下的一家赞岐乌冬店。这家的乌冬很好吃。

"很想让姑父也尝尝。"应幸说。

我想到父亲有可能恢复不过来了，在医院里强忍着的泪水差点流了出来。"嗯，可是我爸现在肯定在梦里吃着比乌冬还要好吃的东西呢！"我尽可能装作明朗地应道。

翌日便是周末，我和恭子乘电车去医院。前一天她和社团的朋友们一起用"青春18"车票去了名古屋，回来后在吹田市朋友家里借宿了一晚，到早上才回家。本来就很疲惫的她把那天打工的时间调了一下，选择陪我去医院。

我们选了条不同于往常的从阪神福岛站到关电医院的小路，途中被一家旧民居改造风的杂货店吸引。两人便拐进店里，给父亲选了一条黄绿色的和式缠头手绢，恭子和我各选了一件缤纷亮丽的手工T恤。对我来说，这是一点小小的幸福。

昨晚医院没有打来紧急电话，看来父亲的状态并没有恶化，也就是说父亲应该没有那么痛苦。

"还是要做好心理准备。"我跟恭子交代。等到护士站时，护士的第一句话让人很高兴："真的很不可思议！"

原来昨晚一夜间，父亲慢慢恢复了意识。

进入病房后，父亲正睁着眼，看到我们后便动了动黑眼珠。

"恭子也来看您了。"父亲听到后，嘴角好像动了一下。

虽然不能张口回答，但父亲确实听到了我们的说话。

"不愧是爸。以前您说，'就算是电车发生碰撞，车里的人全都死了，我也不会受一点伤'。太好了，太好了！"

恭子一脸不解，似乎是说："老妈在胡说什么呢？"

"这时候说什么都没关系，尽量多说话就行。"

我记得当时好像就是这样说的，不过也都是临场反应。

"昨天啊，应幸也赶过来了，和我都待到了晚上，爸一直睡着可能不知道。回去时，我们去吃了乌冬，就是阪神Hotel地下的那家乌冬店。以前我跟妈提起过，妈说后来也和爸一块儿去吃了呢。您还记得吧？应幸还说想让您也尝尝。等您好了就一起去。"

恭子提醒我："声音太大了，还有其他人呢，小点声。"

"知道了。跟外公说说你去名古屋的事。"

恭子瞬间流露出困惑的表情，我正好要去和医生谈话，便走出了病房，回头见她趴在父亲的耳旁小声聊着。

下午，出差回来的嫂子飞奔进病房时，父亲已经能有力气微笑了。等到了周一，父亲还能说出话来。

听说琉美拖着子宫筋肿术后刚半个月的身子从三重赶了

过来，父亲仍劝她"多输液巩固巩固"；嫂子拿毛巾要给父亲擦脸时，父亲仍笑着说她"爱管闲事"。可我下午赶到时，父亲却又一副茫然呆滞的神情。

"爸身体恢复了呢，真是太好了！"

"嗯，过段时间就会痊愈了。"

我和嫂子都放下了一颗悬着的心。

我想："就这样一直住院的话，说不定父亲还会很高兴。"毕竟父亲对关电医院很熟悉，还说过对这里"百分之百信赖"。距离上来讲，比从我家到养老院还要近很多，来回不费力气。等父亲病情稳定后，大家就轮流来看望。三个月前因住进养老院才结束的"蜜月"看来要重启了。

"父亲住在关电医院"让人感到绝对安心，那一周对我来说，是5月过后最安稳的一段日子。

上午写稿子，下午3点时出门往医院露露脸。

"怎么样？"

"就那样。"

和父亲简单说几句话，在床头待上三十分钟，然后带着换洗衣物回家。周二、周三的傍晚都有安排，分别是旅行PenClub的聚餐和跟从东京来大阪的编辑A见面吃饭。我没有跟PenClub的人提起父亲的事，跟旧识A说了后，我自己也说："恢复力惊人，应该是没问题了。"接到和病魔抗争的父亲的老友绪方先生去世的消息，周二聚餐结束后，我便和嫂子一起去我家附近的葬仪会馆参加了吊唁。

父亲恢复得很好，周三时已经可以自主进食，貌似很喜欢吃鸡蛋豆腐和布丁。周四嫂子去阪神百货商场买回来大金枪鱼饭团，父亲吃起来也是津津有味。

只是偶尔咳嗽时会被痰呛到。护士马上会来病房帮忙吸痰，可是吸痰时父亲明显很痛苦，脸部紧皱，身体痉挛，厌恶感表露无遗。我在旁边看着就难受，有一次差点要对手持吸引器的护士磕头求饶。

我问护士吸痰是不是很痛苦，护士说："吸痰时氧气也会被一并吸出来，会引起暂时性缺氧。"

"不吸的话，会怎样呢？"

"严重时会引起窒息。"

看来唯有忍耐了，我也只能默默安慰道："爸，坚持住！"

病房里，父亲的病症时有发作。

"爸，您千万别太吃惊。绪方先生去世了。我接到了绪方太太的电话，昨晚我和嫂子替您去守灵之后才回来。"我跟父亲说这些时，是在周三晚上。父亲愣了片刻后，回道："是吗？绪方身体还好吧？"

父亲听到的可能只有"绪方"和"才回来"这两个字眼。

"嗯，很精神。"我答道，接着就陷入了短暂的沉默。

前面提到过，绪方先生是父亲读大阪齿科医专时的同级同学。当时关系很要好的五个人，曾在十多年前的夏天带着各自的另一半一起参加了团体旅行。之后有三位老朋友相继去世，只剩下父亲和绪方先生两个人。四五年前我还听说绪方夫妇和父母去了洛杉矶大哥的家里，并去附近的高尔夫球场打了球。去世的正是这位绪方先生。父亲病症发作，正好让他意识不到清醒时才有的痛苦。

有一次，我问他："无聊吗？"

"不会，我去了东京刚回来。"

不是四国，就是东京。

"美代姑姑那里吗？"

美代姑姑是和父亲同父异母的妹妹。

"是啊，去了美代家。"

"在哪儿住的？"

"品川 Princess Hotel。"回答很利索。

"坐什么去的？"

"乘大巴去的，回来的时候……咻咻砰砰。"

帘子后面的邻床偷偷笑了起来。

周五早上父亲闭着双眼时，我伏在他的耳边问道："之前我就想问爸呢，这会儿可能有点突然。爸，昭和二十年（1945）8月15日那天，天皇发表的战败广播您听了吗？当时是在奈良，还是大阪？"

父亲没有回答。取而代之的是，父亲轻轻挥了挥右手，好像是说："这个回答起来太复杂了！"

就这样，暂时恢复的"蜜月"虽然有点单薄摇摆，但也持续了好多天。

父亲离世

住院一周后，8月30日周六早上，嫂子打来电话。

"医院想跟我们说一下爸的情况，刚才来电话问能不能过去，你可以去吗？"

"下午1点左右可以吗？"我还是磨磨蹭蹭的。

等1点到医院后，医生把我们直接喊到了谈话室，给我们看了三张透视片。

"昨晚9点，大内先生吸氧有所减少，我们便拍了透视，发现出现了心脏功能不全的症状。早上抽掉胸腔积水又注射了药物后，很快就又积满了。再抽还是这样，好像没什么用。"就是说，父亲陷入了危笃状况。

"昨晚大内先生还坐着轮椅来护士站，跟我们聊了很多，说曾和之前的内科主任一起打过高尔夫，精神头儿很不错……"护士略带伤感地说道。

"危笃"一词多次从医生的嘴里蹦出来。当他问我们如果情况恶化是否采取延命措施时，我和嫂子都立马回道："不需要。"

"如果有想让见面的人，尽快联系比较妥当。"

如果没有母亲那时的经验，估计又会慌张到手足无措。我没有抱怨"明明恢复得那么好"，而是心平气和地想："这几天来爸已经够努力了，谢谢。"

父亲被转移到了单人房间，和一周前刚送到医院的那天很相似，依旧是意识模糊。不过，一看父亲的脸，我仍觉得父亲不会就这样走掉。

"爸，您要加油啊！理津子和我都在这里啊！"

嫂子大声地说着，摸摸额头，拍拍手脚，卡痰时立马按铃喊护士来，坚强地照顾着父亲。我下到一楼，给琉美、应幸、恭子、渚、前夫一一打了电话。

"好，我知道了。"恭子的声音听起来最为沉重。

我挂断电话回到病房后，又轮到嫂子给大哥和启联系。嫂子从椅子上站起来要出去时，苦笑了一句："我们已经习惯这种状况了。"

和母亲去世时不同，即便大哥不回来我也不再感到急躁愤怒，启和朋子也没有回来，因为再过两周朋子就要临产了。

"你大哥和启都异口同声地说，'就拜托你们想想办法吧'，真是，这两个人，唉……"返回病房的嫂子叹了一口气。

傍晚，我离开医院一小时左右，去了经常光顾的一家位于西天满的海带商店买礼物，准备回赠给为母亲初盆时送来供品的人。不一定非得那天去，可当时就觉得必须得去。

等我回来后，嫂子又去了心斋桥的大丸商场取定做的眼镜。

"爸，嫂子去大丸了。"我趴在父亲的耳旁说道，父亲好像笑了一下。

这个时候照样会感到饿。晚上8点，我和嫂子出了医院，进了医院旁边的寿司店。"做好心理准备吧。不过，往医院跑着，还能和你一起吃寿司……似乎不是很糟糕。"嫂子大口吃着金枪鱼、鲷鱼寿司，说着和我心里想的一样的话。"爸最喜欢吃穴子和鳗鱼了。很想带爸也来尝尝。早知道是最后一顿寿司，前天我要是没买阪神百货商场的，而是其他更高级的寿司的话就好了……"嫂子说着说着便哽咽了起来。

"没事，爸肯定会想，'反正这辈子已经吃过最好吃的寿司了，别介意啊，谢谢'。"

"理津子想得很开嘛。"一向都比我乐观的嫂子边用手帕擦着泪边说道。

第二天，也就是8月31日，周日上午，琉美在父亲身边陪着，她给我发短信说："我问姑父疼不疼，姑父说疼。"

下午2点我赶到了医院。上午不得不在家校稿子，便没去医院。《街道散步指南第一弹》新书在5月底已经印刷出版，第二弹定的是9月末发行，过完周末必须得把校样返回去。本想坐下来花三个小时看完，可才看到三分之一就到时间了，我便把稿子放进包里带去了医院。

病房里，琉美正悉心照顾着父亲。父亲呼吸很困难，双眉紧皱着，看得出来相当难受。

我把在奈良老家过最后一个新年时拍的全家福，在洛杉矶大哥家里拍的大哥、嫂子、启和父母的合照，还有诊所全体职员的合影，一张大尺寸的世界地图以及挂钟都从家里拿过来了，用两面胶啪啪地贴在墙上。

"干什么呢？"琉美问道。

"要是我爸恢复意识了，看到的话应该很高兴吧？"

"不愧是理津子。"琉美笑着帮起了忙。

恭子、渚、前夫也接连来到了医院。

护士每三十分钟来病房看一次，父亲的状况逐渐恶化。

"我觉得可能不行了。"我拨通了远在洛杉矶的大哥的电话，告知了父亲的情况。

"肺炎不是能治好吗？"

"毕竟上年纪了。"

"上年纪？不是才84吗？这边很多八十多岁的人还能开飞机呢！"

"哥是希望爸恢复过来？"

"当然！"

"是吗？可要是爸恢复过来的话，还是得去住养老院。想要恢复到原来的光景，让他一个人住家里，去打高尔夫，绝对不可能。"

"绝对不可能？"

"是，绝对！妈，还有爸的老朋友也都走了。连绪方先生前几天也走了。去那边的话可能会更轻松，爸说不定巴不得去那边……"

"……说这我可不知道啊。"

打电话时大概是下午4点。挂掉电话后，我便去了护士站，问道："我嫂子还在公司，需要喊她过来吗？"

"可能的话，尽早喊她过来比较好。"

5点时，医院宣布："最快还有两个小时，最晚到明天一早。"

嫂子6点时赶到医院，接着小舅一家、应幸夫妇也来了。除了启，病房里又聚齐了和母亲临走前一样的成员。

当医生问我们是否要抽掉胸腔积水再注射一次药物时，我和嫂子的意见再次产生了分歧。嫂子强烈主张再注射一次，我和其他人则认为："疼得可怜，就算了吧。"嫂子出乎意料的顽固，我便打电话给在华盛顿的启让他帮忙说服一下自己的母亲。

父亲陷入昏睡状态应该是在大家都聚齐之后。明明已经失去意识，可当护士把管子插入口鼻中吸痰时，父亲依旧会反射性地皱眉、身体痉挛。身体的反应最能表现出痛苦的程度。我很想大喊一声"不要再吸了"，但每当父亲发生堵痰时，嫂子第一时间就按了铃。我都快要哭了。

晚上8点多，琉美、应幸夫妇、小舅一家、渚和恭子依次离开了病房。琉美和应幸夫妇是因为家里有孩子等着，小舅脚部骨折还没有痊愈，身体有些撑不住。但为什么要让渚和恭子先回去，我怎么也回忆不起来了。要说是照顾小爱的话，也有其他办法。即便他们有重要事情，我也应当拒绝掉，坚持让他们待在病房才是。

琉美在离开时号啕大哭，我的胸口无比沉重。病房里只剩下嫂子、我和前夫。

过了深夜零点，父亲紧皱的双眉渐渐舒展，开始均匀地呼吸起来。要不是戴着氧气罩，真的就像在休息一样。

"爸，您要坚持到明天早上。"我一边想，一边从包里拿出了稿子。"实在对不起，时间太紧了。"我在父亲床边的椅子上坐下来，把稿子摊在膝盖上，拿起了红笔。

　　"是不是读读有没有错就行？要不我也帮你看吧。"嫂子说。不知道嫂子是看我这么着急而于心不忍，还是她想换一下心情。

　　都这个时候了，还把嫂子卷了进来。

　　前夫应该一直站在床的另一侧。"呲——呲——"，在显示着血压和心拍数的监测仪发出的微弱声音中，我翻开稿子，开始用笔画了起来。

　　父亲中途好几次又被痰堵到，嫂子按了呼叫铃后护士立即就赶来了。我实在不忍心看到父亲受罪的模样，没有比这再让人感到可怜的了。吸完痰后，父亲再度陷入昏睡，我又改起了稿子。"爸，这样做可以吗？我也是迫不得已，您应该能理解吧？"虽这样想，可怎么也无法集中精神：赶紧不要做这种傻乎乎的事了，多陪陪快要不行的父亲说说话才是。

　　凌晨3点，父亲再次被痰呛到。吸痰时不怎么顺利，全身痉挛的父亲似乎疼得忍无可忍。我无法再继续直视眼前的场景，仓皇跑出了病房。

　　在护士站前，透过窗玻璃，我凝视着连着父亲身体的机器上闪动的数字。最初氧气90，血压40、80左右，数字眼睁睁地逐渐下降。"这一刻终于来了。"我想。可我并没有动，而是呆呆站在那儿，傻傻地盯着数字不断地小下去。氧气急降到20，血压跌到0、37后，护士走出来叫我："刚才一时呼吸停止，请到您父亲身边去吧。"

我跑回病房，紧贴着父亲的脸，父亲的喉结很明显地动了一动。我感觉父亲像是静静地呼吸了一下，接着，张开的嘴巴缓缓地合上了，微睁的双眼也渐渐地闭上了。不到一分钟，便完全停止了呼吸。医生来确认了心肺停止情况。9月1日凌晨3点14分，父亲永远离开了这个世界。

"爸，再也不会被痰呛到了……不痛了，不痛了……真好啊……"

我究竟在说什么呢？……

似乎过了一会儿，眼泪才滚落到脸颊上，胸口也揪痛难忍。

葬礼

父亲的葬礼在北区一家葬仪会馆里举行，选择了极其普通的"一般葬"。我们也想过办一场和送别母亲时一样的家族葬，但手头并非当时那么紧张。

"送走爸后就全都结束了，就按常规来吧。"我对嫂子的主张没有太大异议，便联系了一家知名的葬仪公司。第二天早上，父亲的遗体用灵车从关电医院运到了离菩提寺不远而且父亲也熟悉的北区一家葬仪会馆，并在那里定下了具体事宜。当晚守灵，翌日举办葬礼，接着火葬。安排得这样赶趁，是因为朋子马上就要生，嫂子要去洛杉矶照应。

当时父亲还是淀川区齿科医师会的现任会员、北区齿科医师会的名誉会员，按照规定，我们跟两家医师会联系并告知了父亲离世的消息。所以，除亲戚以外，来参加吊唁的有七十多人。

两年前，父亲便不再外出参加社交了。两年的时间足够让原来亲近的情感变淡。我想，如今出于情理道义来出席葬礼的估计鲜有人在了。

前夫提议将母亲的遗照摆在棺材上，还放了一枝从佛龛前的花瓶里取出来的白百合。微妙的是，我感觉四个月前去世的母亲，此时就好像守护着刚离开的父亲一样。这也再次提醒我："母亲已经永远离开了。"

"不会吧？大内夫人已经过世了？"

"是啊，5月份走得很突然。"

"没听说过呀，明明那么有精神。"

"嗯，我母亲走后还是照样有精神，说不定还在喊'他爸快来'！所以才一把将父亲拉过去了吧。"

这样的对话我在葬礼那天重复了好多遍。

本来我想给父亲取个和母亲一样的"免费"戒名，可最终还是让步给了主张强烈的嫂子："不管再怎么说，起码要请个中等的。"奠仪要不要收呢？跟葬仪公司的负责人一商量，对方说现在是五五分。我们感觉收奠仪有碍情面，便选择了"不收"。结果整个花销比母亲的葬礼多了两倍，父亲的一个存款账户被用得净光。

葬礼时，我的心情平静到不可思议。

在为父亲守灵当晚，我完全没有像送走母亲时那种把守灵当作"和（棺材中的）母亲最后相处时光"的感伤，早早便结束了守灵。丧服选的是普通衣服，第二天早上和两个孩子一起去麦当劳吃完早餐后才去葬仪会馆。

"理津子做事很干脆嘛！"琉美说。

"不管怎么说，老父亲84岁，也算天寿了。"我答道。

整个葬礼办下来，我就哭了一次，是当看到父亲的骨灰依旧像骸骨般从火葬炉里推出来的那一瞬间。

"我想着再多伺候伺候他老人家，结果爸像说'先走一步'那样就潇洒离开了，还真像爸的做事风格啊。"我和嫂子互相安慰着。

然而，在那之后，我感觉整个人都虚脱了。明明流不出眼泪，身体却空荡荡的。什么都不想做。"心被掏了个洞"就是这种感觉吧。再也没有人需要我去照顾了。再也不用过母亲去世后那四个月里每天惴惴不安、心神不宁的日子了。在父亲临终前的病房里握着红笔校对的新书，因为编辑流程的问题，出版时间被推迟了三个月。这种白忙活一场的结果，让我垂头丧气地诘问自己，到底是在做什么呢？也没有之前那种拼命赶工作的精力了，几件委托工作联系上门时，我都以档期已满为由婉拒了。

父亲住院前，我还去了中国的某个山庄、濑户内的某个小镇、秋田、东京出差。旅行杂志和文化宣传杂志的稿子在截止日期过后的第二天都勉强交了上去。如果是一些不得不做的事情，我都尽力去完成。手账上记着各种行程安排，"去养老院领取物品""姬路、冈山采访""B出版纪念会"，等等，还抽空返还了父亲的信用卡、医保卡，解除了生命保险合同，这些伴随着父亲的离世必须要处理的手续明明都办过了，却一点儿都回想不起来了。记忆里仅存的是，在低沉昏暗的天空下，自己一个人步履蹒跚地走在一条没有出口的隧道里的感觉。

我成了孤零零的一个。当然，恭子在，渚也在，嫂子、大哥还有平时的亲戚也都在，一大堆朋友还在。可是，没有人能够代替父母而存在，再也没有人会给予我百分之百的爱。现在回想起来，当时的自己仿佛卷入了一场想要向父母撒娇、任性的感情漩涡。

在这条没有出口的隧道里，没有灯光，漆黑又狭窄。我只知道一处又黑又窄的隧道，是奈良北部的DreamLand（游乐园，已经闭园）建成之前还存在的黑发山隧道。当父亲开着小小的车子穿过那条隧道时，我幼小的心里十分害怕。父母离开后，我感觉自己就像是在那样一条隧道中踽踽独行。

父亲走的当天，9月1日，大内牙科也宣布停业。在一天天流逝的平常日子中，收拾诊所是一项浩大的工程，因此稍微有点印象。

葬礼结束后，嫂子就请了假去洛杉矶照顾儿媳（9月13日朋子生下一名男孩）。那段时间我一个人去诊所打理，整理各种各样的资料，并向保健所提交了停业申请书。副院长建议："出于责任问题，我想为治疗中途的患者免费治疗到9月底。"我没有反对。这个做法在法律上并没有问题，加上也有前例，我便尊重了副院长的意见。要是放在以前，我肯定会计较："要是这样的话，那还得照旧给大家发工资啊！"但当时我想：大内牙科从成立之日起已走过了半个多世纪的光阴，如何让它完美收场是我能做的最后一件事。另一个原因是，我还没有从"黑暗隧道"里挣脱出来和副院长讨论的力气。

我在熟识的医生、技工所和器材店的帮助下，到处打电话想要把诊所连器材带店铺转让出去，可进展并不如意。

诊所也是租的，必须在规定的10月10日前把房子腾出来。使用了二十五年的旧式诊疗椅也没有找到愿意接手的人，只好报废，处理起来也要花钱。估算了一下，处理费和从房地产公司退回的押金几乎相当。

一切都在消失。三年前，父亲还在这里为患者看病。今年春天，母亲还在前台负责接待。这里有长年工作的太田先生，还有陆续更迭的年轻医生。匆匆忙忙拜托母亲去幼儿园接恭子和渚的那些日子，两个孩子就和母亲一起坐在前台边画画边等我。那时还没有实行预约制，等候室里的患者总是人满为患。整理诊所时，我努力让自己不去回忆。这和收拾老家时的心情截然不同，真的是最后一次，所有的一切都将渐行渐远。想到和父母有关的一切，包括熟悉的空间、器材，还有这里所有的人都要离开时，我的心再次痛了起来。

不过，心里的痛楚被诊所一位员工的话缓解了不少："我认识一位斯里兰卡的人，在做运输医疗器械的志愿活动。"就是说，器材不用全都销毁，而是运到斯里兰卡进行再利用。

"在我的国家，牙科的医疗器材十分匮乏，甚至还有人因患牙病而丧命。我们会修理一下，好好珍惜利用的。"那位斯里兰卡人说。他和伙伴开着两吨重的卡车来到诊所，花了半天时间才把两台诊疗椅和压缩机拆卸完，X光摄影机、扫描仪、灭菌器、杯子、假牙模具等不用说，最后还把写着"大内齿科"四个字的招牌也搬走了，"可以让别人相信是从日本运来的"。后来我接到消息，说是这些器材搭乘从神户港出发的船只，12月份运到了科伦坡。

诊所一空出来，就显得格外宽敞。

放置器材的地板露了出来，变得凹凸不平，到处有黑色的污迹。傍晚正准备打扫时，嫂子赶来了。

"不需要做的就别管了，否则白费力气，别打扫了。"嫂子阻止道。我便停下了手里的动作。最后的最后，我买了一束波斯菊放在高低起伏的地板上，双手合十，算是诊所的"葬礼"。

房地产公司的人来验房后，我便把钥匙还了回去。

"这样就全都结束了。"刹那间，寂寞从四周袭来，我不禁打起了冷战。没有做最后的打扫成了我最后悔的事，这一点记忆犹深。

明明都是大人了

家里堆满了东西。按照医师法，患者的病历需要义务保存五年，因此，诊所里的所有病历都被装在一个大箱子里带了回来。还有一个从老家公寓里搬过来的大纸箱，装满了父亲的衣物。如果不打算拆开，直接扔掉最省事，但那时候我怎么也下不了决心。

我把客厅书架上的一角腾出来，摆上了父母的照片，还有祭铃、香炉和一尊小小的佛像（在广岛县尾道的一座寺院里体验捏佛像时的纪念品），并供上鲜花。虽然嘴上总说对形式不感兴趣，但摆好后，发现还挺像座佛龛。

被昏暗的天空笼罩的感觉持续了数天后，终于，漫卷着悔恨的怒涛呼啸着朝我涌来。

母亲病危时，为什么没有跟父亲说真话呢？母亲身体恶化时，为什么没有让父亲见上最后一面？只字不提母亲的父亲也许是在等我们主动开口，可我却没有察觉到。关于父亲将来的生活问题，我应该提前和父亲商量才是。如果和父亲的"蜜月"能再坚持一个月，晚点送到养老院就好了。如果当初选的不是那家养老院，而是集体康复之家，说不定父亲会过得开心一些。不管再有什么要紧事，也应该优先考虑父亲，多接父亲回家几次就好了。父亲住院的那一周，我应该多待在医院里陪他说说话……

所有的判断都失误了。某位社会学家曾在书中写道，老人最伤心的，就是怕自尊心受到伤害，怕被冷落在一旁。我为什么会如此愚不可及呢？是我让父亲伤心，是我催着父亲早点离开了这个世界……

我依然对母亲充满愧疚。"妈，我不应该那样对待爸，对不起。"和母亲聊天的最后一晚，我不应该连母亲的正脸看都不看，随口说声"拜拜"就离开。记忆回溯到四个月前，想起时仍旧悔恨不已。

不经意间望向镜子。镜子里映着的，是一张52岁的脸。有皱纹，有斑点，也有法令纹。青丝掺白发。52岁，显然已是大人——步入人生后半的真正的大人。可是，我的52岁却充满后悔。真是惭愧啊。在这个世上，有不少人在年纪尚轻时便遭父母离世，或是以更悲惨的形式与父母告别。我不禁扪心自问：我的父母在79岁、84岁时去世，也算尽了天寿，还会让人如此悲伤吗？答案不言而喻。

"到这个年纪了，这条路大家早晚都要走。"阈值会的朋友劝我说。我虽然懂这个道理，可仍是走不出来。抬眼望去，天空也好，花朵也罢，它们仿佛都和我一样在哭泣："父母那么爱我疼我，我为什么没有多为他们做一些呢？"

就在那个时候，大哥发来了一条短信。

"我想起来，加代子走前我梦到她了，应该是在她临走之际吧？虽然我看不到她的脸，但一个头发很长很长的女人来到我面前，哇地大叫了一声后，就从我的右边消失了。'啊，是加代子！'当时我这样想。"

"那梦到弘了吗？"我问道。

"没梦到。"第二条短信只有这一句，但接着大哥又补发了一条过来："给加代子还有弘办丧礼的时候，我都待在家中发了很久的呆。"

大哥可能和我一样，都仍蹒跚行走在那条黑暗隧道里。

我还发现，自己动不动就会翻看收拾老家时带回来的旧相册。

父母新婚旅行时的照片还是茶褐色。昭和三十年代的大哥和我。到了昭和四十年代后，都变成了彩照。掺杂在照片里的，还有一张印着我的笔迹的明信片。那是19岁的夏天，我从美国肯塔基州的寄宿家庭里寄给父母的，就写着一行字："我在这里玩得很开心！"我忍不住苦笑了起来。父母和恭子、渚、启的合照也数不胜数。

不管什么时候，我从未想过父母有一天会离开。不，父母离开之后我也没想过。直到今年春天，我才惊觉，原来从未想过有一天会和父母阴阳两隔的自己仍旧是个孩子。

不管长到多大，父母都将我保护在他们的羽翼之下，所以我才会时不时地觉得父母很让人心烦。但仅止于心烦而已，我从未把父母认作是沉重的存在，也没有和父母有过代沟。远在天边的父母也好，近在眼前的照片也罢，每每回忆起以往的种种，我都会在心里反复念叨："对不起……"

一种解脱感

"我突然想啊……"

深秋的一天，恭子难得待在家里，向呆呆望着相册的我搭起了话。她从客厅里散乱的近十本相册里，找出一本古色苍然的相册翻看着。

"外婆生活的时代好古老，一次也没听她提起过战争的事。这种打扮的人，竟然戴耳环打高尔夫还会发短信，老妈不觉得外婆很厉害吗？"

恭子盯着的那张照片上，头上梳着三股辫、身上穿着水手服和扎腿裤的母亲，把手搭在穿着学生服和短裤的弟弟的肩膀上，伫立在荒凉的田地里。

"还有更厉害的呢。"

我从父亲茶褐色的相册里，找到一张大正时期还是婴儿的父亲穿着和服的照片，以及一张昭和初期在祖父经营的漕运店前全家人与披着短褂的员工的集体合影。

"不是吧？这些照片可以写一部日本史课外读本了！"恭子惊讶地喊道。

母亲穿着水手服和扎腿裤去上学的战争时代，是怎样的一种日常呢？父亲开始记事时，映在他眼中的又是什么样的景象呢？父母成长的家庭环境、学校，还有战后的感受，一步步成为"大人"的成长道路……我所知道的，只不过是他们人生中的数百万分之一而已。

借用恭子的话就是，父母生活在一个我们根本无法想象的时代。是的，的确如此——我感觉自己终于有勇气俯瞰父母的一生。

父母这一代人，从天皇被尊称为"神"、实行旧宪法的大日本帝国时代，一脚踏入实行新宪法的民主主义时代，不容分说便顺应了社会的大变革；他们在父权体制的家庭中成长起来，变为大人后，却又要接受家庭现代化、自由化的理念灌输。

"以前真拘束啊！"

我沉浸在父母所生长的斑驳年代，不由地感叹了一句。

"听不懂在说什么……"恭子接道，"主语？主体？不说明白别人就搞不懂是什么意思嘛！"

我总是不止一次提醒母亲换话题时先给个提示，"谁？什么事？麻烦说让人能够听明白的话"。结果我竟然变得和母亲一样，怪不得恭子不乐意。这种感觉有点奇妙。

"好好。扎腿裤的时代早已一去不复返了。我总觉得吧，以前不论是家庭也好，家人也罢，都很拘束啊！"

"男尊女卑？"

"是啊！以前你外婆跟外公说话时还得用敬语呢。怎么说才好呢？就是有很多必须得去做的事，比如你外婆每天都要用米糠擦地板，反正那个时候女人受到的束缚特别多。"

"用米糠擦地板？米糠是什么？"

"就是做米糠泡菜用的米糠。用它来擦地板的话，地板会被擦得明晃晃的。"

"咦……听着好麻烦！"

我还是小孩子的时候，这种麻烦事母亲说自己"必须要去做"，父亲也认为"是母亲该做的"。

"从我所认识的外公外婆来看，根本想象不到这些。"

"是吗？好像也是。"

"开着车来家里转一趟，还穿得漂漂亮亮的，给人的感觉就是很普通的外公外婆嘛！"

"但你不觉得，那种普通里潜藏着以前的某些老派作风吗？"

"没怎么留意过。啊，想起来了。我是左撇子，小时候外公外婆非要让我改过来。"

恭子是左撇子。等五六岁时注意到后，父母动不动就说要矫正过来，还来我家里，想让恭子练习用右手拿筷子、握铅笔，我当时直接反击道："顺其自然就行！"可父母认为：

"左撇子不是坏事，可万一被别人乱叨叨的话，这孩子就太可怜了！"

"外公跟我讲，'左手拿铅笔的话就会碰到左边的小朋友'。可我却顶嘴说，'右手拿的话就会碰到右边的小朋友呀'。当时我才上幼儿园，老妈你说，我是不是很有主见？还好最后他们没能拗过我。对这种无关痛痒的小事，外公外婆为什么很上心呢？让人不可思议。跟凡事都凑合的老妈完全不一样。"

是啊，父母总是用过去的"常识"来约束自己，甚至还想去约束家里人。跟父母一起生活时，他们总是教育我："女孩子要穿亮色衣服"，"早上起床后要先叠被子"，"一个人不能走夜路，我们去接你，一定要提前打电话"，等等。毫无疑问，这些也是"约束"。与此相对，我从来不会去约束两个孩子。

恭子还是高中生、渚还是中学生时，有天我回家稍微晚了一些。两个孩子在乱糟糟的房间里边喝啤酒边吃寿喜锅，看到我后大吃了一惊："咦？老妈今天不是出差吗？"

还有一次，我坐末班电车回到家时，两个人都不在。当时我担心得要命，可三十分钟和一个小时后，渚和恭子先后回来了。两个人见到我时没有半点抱歉的样子，只是说了一句："糟糕，老妈已经回来了！"

　　说好听点儿就是，我和孩子之间彼此互不干涉；说难听点儿就是，我对两个孩子实行"放养"。要是让父母知道的话，估计会晕倒过去。就算是不清楚，但朦朦胧胧应该能感觉到，说不定也担心过。

　　"这样看来，外公外婆可能是想要努力跟上时代的步伐呢！"

　　我心里想的，被恭子说了出来。

　　和恭子聊了这些后，我似乎感觉，在我的身体里悄悄萌生出一种解脱感。

　　我第一次意识到，即便是到了这个年龄，在我心里某个角落仍保留着一种咒语般的束缚，那就是——"要做父母眼中的乖孩子"。因此，才从不去触碰父母那根深蒂固的陈旧价值观，尽可能说些父母爱听的话。所以，和前夫分居时，从没跟父母提过打算离婚的事，有关两个孩子也尽说他们好的一面。不仅如此，关于西成区风俗街、飞田新地的采访等禁忌话题，我也从未向父母透露过半句。

　　这可能是面对来自父母无声压力的一种自卫。一定是这样。虽然不是束缚，但隐隐约约感到有这么一种潜规则存在，便想方设法去回避。所有的一切，都只是为了跟父母和平相处。

父母离开以后，我可以不用再看父母的脸色大大方方地提出离婚，也无须再遮掩孩子们不好的一面，有关风俗街、飞田新地稿子中的性描写也可以光明正大地写出来……就这样，一点一点地，整个心情逐渐轻松起来。我想，自己终于从父母无声的束缚中解脱了出来。

然而，悲伤与寂寞依然残留在我的心底。从晚春到盛夏，是我最喜欢的季节，那年却让我感到十分痛苦。我默默地祈祷着：这就是一个梦，请让我走出来吧……

后记

我为什么想写这本书呢？

母亲猝然离世，紧接着父亲也走了。在这五十二年的人生里，我从来都没有想过"父母早晚会离开"。所以，当母亲蓦地撒手人寰时，我感到惊慌失措。未几，又开始照料起了父亲。我和嫂子想尽办法，又多亏他人屡伸援手，好不容易恢复了日常时，父亲却又溘然长逝。

对我而言，那四个月犹如走钢绳，每日战战兢兢，"父母的年老和离开"犹如挥之不去的阴影，将我笼罩了起来。四个月于我，短暂得不能再短暂，让人一时无法接受。所以，父亲走后，我便想把这些记录下来，以整理自己的心情。

然而，写了没多久，我突然想把这些感受分享给那些和我一样经历过父母离世或正在照顾病重父母的人们。在这个世界上，有很多从不依赖他人、专心伺候孝敬父母的人。也许有不少人认为，如果把父母离世的悲伤和痛苦吐露出来可能会被别人笑话自己不成熟，便选择封印在内心深处。当我意识到这些时，我更想要把我所经历的一切写出来。

我继承了父母心直口快的性格。跟朋友见面时，或多或少地都会跟他们聊起四个月间的琐事或感思。没想到，跟我差不多同龄的人也都打开心扉聊起了各自的体验。

一位男性朋友说，当他父亲病危时，恰好有一个怎么也推不掉的工作需要出差。当他半夜抵达地方小镇时，只有一家便利店亮着灯。站在微弱的灯光下，他不禁掩面痛哭，厉声反问自己："现在根本不是来这里的时候，我到底在做什么？"

还有一位朋友在母亲去世后，把父亲接到家里一起生活了三年。尽管已经过去多年，但她说起来依旧像昨天的事一样。她为父亲做的比我要多得多，可还是泣不成声："我要是早点发现父亲的病就好了，现在仍旧很后悔。"

也有人还在照顾父亲时，兄弟姐妹之间因为遗产纷争而闹得老死不相往来的。

大家在各种各样的情况下告别父母，无论是采用何种方式，我想没有人心里不会留下后悔。

如果把我家这些事情写出来，是不是可以给那些经历过父母离世或父母病重的人一些安慰和支持呢？现在想来，当时的想法有点夜郎自大。我跟集英社International的编辑福田香代子女士提起来时，她劝我写成书出版。因此在写作的过程中，我开始意识到"读者"的存在，适当添了些对当时情况的补充说明。

但无论怎么说，虽然满脑子拥有"想写"的热情，可是动起笔来并不如想象中的顺畅。

写起来比较慢的原因有几点。

第一，要书写"父母的年老和离开"，就要不断地回想父母那漫长的一生，就要再次追忆和体验那段痛苦的日子，就要回首过去的种种而再度陷入痛楚的深渊。从母亲猝逝到父亲离开的四个月，自然撇不开这五十二年间的亲子关系，必须将过去所有的想法和自我毫不掩饰地展现出来。这就需要自己"采访"自己。我的工作一直都是对他人的生活刨根问底，采访自己还属头一回。我作为采访者，不断地变换提问的方式，好让被采访者打开心扉畅所欲言，但被采访的自己有时回答得并不能让人满意。

第二，像我家这种"私人故事"，写出来的话，读者会有什么反应呢？会买账吗？为此我也踌躇良久。单是作者凭借一头热写出来的书，是最无聊的。虽然我曾照顾过父亲，可并不是同居照料，也没有贴身伺候过。有很多人愿意为照料父母而牺牲自己，就凭我的这点付出，写出来是不是对他们有些大不敬呢？所以，我在写作的途中一次次地搁笔。

然而，当我把还没写好的稿子拿给福田女士及她的领导高田功先生过目，并想请他们出主意时，两人劝我说："一百个人就有一百种告别父母的方式。您的经历正是其中之一，对我们来说有很多共鸣的地方。请您不要多虑，把自己的所感所思都如实写下来就行。"正因为两位的鼓励，这本书才最终脱稿。

细想一下，福田女士和高田先生说得很有道理，有一百个人就有一百种告别父母的方式，我们家只是其中一例而已。我们家只不过是大阪一家普通老百姓，家庭成员人数适中，没有家规，经济上也不算太富裕。52岁的自己是如何迈过"父母的年老和离开"这道坎的呢？这本书只不过是我个人的一些中肯记录以及派生出来的些许追忆，如果能使读者的心情稍得舒缓，我会很欣慰。

父母离世三年后，我和嫂子请律师代理写了一份质问状，向母亲离世前住过的K医院提出"医疗过失"质疑——医生和护士是否在预料病情发展上疏于怠慢，而导致了本可以回避的死亡的发生。为了确认母亲的去世经过，我们调取了病历档案，往法律事务所跑了好多次，还去了和法律事务所有关的一位医生那里商谈咨询，最后才提出了这份质问状。我们和医院对质了两次，可责任归属始终模糊不清。律师说："医院愿意给您的母亲开价五十万日元"，"如果起诉，胜诉率可能不到一半"。我们只好接受了律师的意见，以耗费半年的时间以及大约二十八万日元的筹备费和商谈费草草收场。

虽然已是事后谈，我还想追述一些。

父亲去世两个月后，大哥获得了美国绿卡，可以时不时地回趟国。嫂子工作的西北航空被D航空合并后，她仍留在公司继续工作。外甥启由纽约医院的急救医生，变成了波士顿大学的指导医生。29岁的女儿恭子结婚后住在了印度，26岁的儿子渚工作后去了岩手县。表弟表妹们没有什么大的变化。我在父母三周年忌结束后搬到了东京，继续从事写作。在父母离世时，我接触到一些葬仪公司和火葬场的工作人员，为了深入了解送葬现场情况，我曾多次前往采访，最后也写了一本书（《殡仪师的工作》），比这本书出得略早些。

如今，父母已经离开了七年。今年黄金周，我去了东北地区旅行。5月1日清晨，在青森县下榻的地方，从窗台向外眺望远方左右对称的岩木山时，我猛然发觉，啊，那天，那个时刻——正是母亲病危的那一刻。然后，自己长长舒了一口气。岩木山和缓的山峰倾斜着延至山麓，和山麓浑然融为一体的光景，让人打心底感到一种美，我便又叹息了一声，这种叹息来源于一种安心。如果把山顶比作父母危笃之际内心伤痛的顶峰，那么跋涉过七年的光阴，这种心情此刻应该可以降落到山麓了吧。

本书脱稿于4月份，所以文末写道："从晚春到盛夏的这段时间，是我最喜欢的季节，那年却让我感到十分痛苦。"这样写似乎有点矫揉造作。但这七年间，我都徘徊在悲痛的深渊里无法自拔。然而，从今年5月份以来，我终于从这种悲痛中走了出来，一种解脱感在我的心里悄悄萌芽。

最后的最后，我还想再写一笔。有一本书叫《再见之后》（夏叶社），全书内容只有英国教会神学者亨利·斯考特·霍兰德（Henry Scott Holland）所作的一首42行诗，开头几句是：

死并不是什么可怕的事

只不过是把我悄悄地挪到了隔壁的房间

我现在依然是我

你此刻依然是你

…………

一页一句的诗行旁边，点缀着一朵朵盛开在野外的小花，笔触温暖，那是插画家高桥和枝绘的插图。一句句的诗和一幅幅插图扣人心弦，深深地感染着自己。这本书脱稿后，我似乎感觉到，在我看不见的有可能存在的那个世界里，父母正好好地活着。

井上理津子

2015年8月

文库版后记

　　《告别》单行本出版以后，我才第一次坐下来通读了一遍。有的部分如果过于认真去读，就会再次令自己陷入悲伤的漩涡，所以这三年来仅仅是挑着读了一些文字。此时此刻虽已不能这样说，但通读下来，我仍觉得很惭愧。

　　母亲从病危到延命治疗才不过三天就匆匆离世，四个月后，父亲也告别了这个世界。期间手忙脚乱的状况，补缀了一次还想再补缀。然而，说心里话，这些太过直白赤裸。不仅是指我家捉襟见肘的经济状况、亲戚之间的谈话和行动都被原原本本地写了出来，也包括把母亲认作"反面教材"的那部分及对待父亲时的消极态度，虽然涉笔不多，但丝毫没有任何掩盖和隐瞒。字里行间其实都流露着我对父母的"依赖"，这种"赤裸"让自己感到脸红。

　　这本书出版后，在某家女性周刊杂志上，我和作家北原みのり女士以"父母之死"为主题进行了一次对谈。那时北原女士的外祖母才去世一年，她母亲当时已年近古稀。当北原女士听到母亲说"现在我还十分后悔、伤心"时，她感到很吃惊："七十年来，我母亲以女儿的身份一直和外祖母生活在一起，竟还这么伤心，在人类史上很少见"，"我母亲也曾是一个女儿呢！"

事后翻阅那次对谈记录时，我发现，原来"依赖"父母的不止我一个人，便稍微松了口气，但仍感觉到一丝羞愧。放到现在的话，我可能会再运用些什么技巧，采用其他的方式来书写。一边惭愧，一边追忆。明明如此，可还是没有一日不会想起父母，真是两难。

文字一经写出并变为铅字后，便不再属于我一人。单行本出版后，我收到了很多读者的来信："我是这样告别父母的"，"在如何如何的悉心照料下，我告别了双亲"……还有几位读者给我寄来了很长的信，说自己如何在纷杂的家庭情况下告别父母，这些都使我感到望尘莫及。我越是想要认真回复越是不知该从何说起，最终不了了之，在此谨向这些读者深表歉意。

单行本出版三年后便被挤到了书店的角落里，很难收到读者的来信了。难得的是，有人建议我将这本书做成文库本再版。提议的是集英社文库编辑东本惠一女士，和我的孩子差不多大。"我读了您的这本书后，内心产生了一种超越年龄层的共鸣。"

和东本女士促膝交谈时，决定采用有着温暖笔触的插画作为文库本的封面。商量的最后达成一致意见，对"父亲开车"和"透过前车窗看到的风景"部分作了形象化处理。这是在送父亲往养老院的路上，拐到曾经父亲常去的齿科医师会馆时的情景。一声"很怀念啊"说出口后，父女两人便心领神会。神情恍惚的父亲也回忆起了很久之前全家人的兜风之旅。我将从前车窗看到的风景与整个家庭携手前行的道路联想在一起，完全是出于感伤。可是，当看到远处夕阳的余晖静静斜照在一条田间道路上的插图时，我感觉与内心的感伤无比吻合，没有再令人欣慰的了。在此十分感谢草野碧女士。

单行本出版时，集英社International的高田功先生和福田香代子女士给了我很多鼓励和指导，很感谢二位的辛勤付出。这本书改为文库本之际，家人、朋友又指出了一些我记忆中不太准确的地方，我也一并改了过来，可能也给东本女士平添了一些麻烦，在此向东本女士表示感谢。

另外，真濑树里女士为这本小书惠赐了解说。真濑女士写有《我的母亲野际阳子——八十一年的舞台》（朝日新闻出版社）一书。我在捧读这本书时，脑海中不断闪现出真濑女士的母亲这位名演员在《龙虎群英》和《安宁时光》里的荧屏形象，在此一并致以真诚的谢意。

井上理津子

2018年10月

解说——"一百个人就有一百种 告别父母的方式"

真濑树里

作者井上理津子女士在2008年5月告别了享年七十九岁的母亲,仅仅四个月后,又告别了年届八十四的老父亲。我在阅读这本追忆双亲最后时光的书时,中途止不住地颤抖。

2017年6月,我也告别了八十一岁的母亲野际阳子。当然,我和理津子的情况截然不同。尤其是当我读到作者的母亲因为在厨房烫伤出于谨慎被送到医院却因突发急变而去世时,一种惊愕之情猛然袭来。我的母亲则是因罹患癌症,晚年反复入院出院。虽然境况完全不同,但有很多场景让人在瞬间觉得感伤,不住地颤动。

这种共鸣最初唤醒了我那些悲伤的过往,逼迫着我回到母亲去世前后那一段痛苦的时期。说实话,我阅读时觉得异常沉重。然而接着往下读后,我发现自己逐渐被书中的某些地方拯救。理津子所说的一些话,让我觉得:啊,并不是只有我自己这样，比如有这两处：

我不禁扪心自问：我的父母在79岁、84岁时去世，也算尽了天寿，还会让人如此悲伤吗？答案不言而喻。

然而，悲伤与寂寞依然残留在我的心底。从晚春到盛夏，是我最喜欢的季节，那年却让我感到十分痛苦。我默默地祈祷着：这就是一个梦，请让我走出来吧……

由我和母亲四十年来的生活点滴补缀而成的《我的母亲野际阳子》一书出版时，我常常会被别人问道：都稳定了吗？心情梳理好了吗？对我来说，过去一年也好，写了这本书也罢，寂寞虽然会日渐稀薄，但怀念却未曾褪色。现在亦是如此。我也想象不到十年后会有什么变化。正因如此，阅读这本书时，我有好多次都感觉到，自己无法用语言来表达的心情都被作者一一代言了出来。

在后记中，理津子的责任编辑和出版社领导说："一百个人就有一百种告别父母的方式。"我深有同感。套用这句话，我认为，一百个人读这本书就会有一百种理解方式。遭逢父母离世的人在阅读本书时，肯定会在某些地方通过哪句话或哪个场景使自己得到救赎。因为无论读者的亲子关系如何，大家都是父母的孩子，这一点永远都不会变。

另外，正因为我和作者的境遇不同，有些地方才更容易

有所察觉。比如，我是单身的独生女，虽然父亲健在，但比起
父亲的角色，身为大牌演员的意识太过强烈，长期以来都是分
开住，真正意义上的家人只有和我生活在一起的母亲。和拥有
家庭的人相比，我觉得自己失去母亲时异常孤独。理津子有自
己的孩子，也有长兄在，还有可称为"战友"的关系要好的嫂
子在，可是当父母去世时仍感到一种无法填补的悲伤。"我觉
得自己成了孤零零的一个。"我意识到，失去父母的悲痛对谁
来说都是一样的。

　　医院里的事情，寻找养老院，安排葬礼，取戒名，整理
遗物……这本书具体又详细地记录了在父母临终之际全家人
要做的各种事情。这些虽是理津子的个人经历，但也有很多
地方与我的体验相重合，相信读这本书的人也会从中受到某
些启发。
　　其中特别引起我共鸣的地方，是作者对母亲住院时发生
的一系列事情的描写。
　　我在前面也提到过，理津子的母亲烫伤住院后身体状况
突变，医院采取的救治措施真的就没有问题吗？理津子和家人
没有将疑问置之一旁，而是事后想要追究个清楚。这种对医生
的不信任感在书中率直地吐露了出来，让我很是感慨。我在母
亲住院时也曾因没有经验而产生过巨大的不安和压力，所以在

读这本书时，我对理津子的行动深表敬佩和支持。

还有，理津子的父亲因认知症不断恶化而住进了养老院。不用说，现在的老年人介护情况与2008年相比肯定发生了相当大的变化。当时理津子是基于什么观点来寻找养老院，书中都有提及，我也学习到了很多。将父母送入养老院的愧疚之情，以及不得不向现实屈服的无助心态，肯定能引起拥有相同经历的读者的强烈共鸣。

"那一刻，自己犹如恶魔。"这句令人震撼的话，出现在理津子让父亲正式入住养老院的当天。我没有介护经验，但很清楚其中的不易与辛酸。我曾经在母亲生病时想过，如果可能的话，请让我代母亲去死。可是在陪母亲与病魔抗争的三年间，我感到身心俱疲，曾数次因临近崩溃而号泣挣扎过。那时候，整个人陷入了一种自我厌恶的状态：为什么自己会变得这么冷淡无情？虽然回首过去会让人感到痛苦，但对于正在照料父母的人来说，如果感到迷茫或烦恼，不妨读读这本书，也许能得到些宽慰。

关于葬礼，看完这本书，我才知道办葬礼需要如此庞大的花销。理津子为母亲办的是"家族葬"，而现在有各种形式可供选择。我在母亲去世前根本没有考虑葬礼的心思，在这点上我很敬佩作者。

尽管一连串接连发生的事让人无法从容应对，但理津子仍能够保持冷静的头脑，偶尔还不忘发挥关西人擅吐槽的特点。比如，在跟菩提寺商量为母亲取戒名，而得知戒名费用与等级挂钩，分为七十万日元、五十万日元及免费三种时，理津子写道："人都走了，还分什么等级？真奇怪！"我在给母亲取戒名时虽然没有生发过疑问，但读到这里时，觉得理津子的怀疑不无道理。

理津子一家齐心协力照顾父母，关系融洽，尤其是敏子嫂子就像作者的亲姐妹一般，这种亲情让人十分感动。也许正因为亲近，才会常常发生冲突，像要不要给母亲安装人工呼吸器等，让人感到沉重。无论家人关系如何，当面对严峻的考验时，意见上都会有分歧。理津子在书里反复诉说心中的悔恨，但我想，不管最终告别这个世界时是什么模样，理津子的母亲应该都会坦然接受。当然，这些都是在客观读了这本书后才生发的感想，如果换作我，我也不清楚自己到底怎么做才合适。因此我觉得，阅读他人的经验是有一定意义的。

在书的结尾，理津子的悲伤还没有完全治愈，但她写道："我似乎感觉，在我的身体里悄悄萌生出一种解脱感。"从此，再也不用顾忌父母的脸色而跟随自己的内心大大方方地提出离婚，也不需要遮掩孩子们不好的一面，风俗街、飞田新地采访稿中的性描写也用不着再偷偷摸摸……

我十分理解这种心情的变化，只不过我和理津子的"解脱"似乎恰好相反。和母亲一起生活时我总想着不能惹她伤心，母亲离开后终于觉得不见也好时，却感觉母亲始终仍然像是在身边陪着我，从未走远。说得极端一点，我觉得母亲似乎一天二十四小时都在默默地守望着自己，我必须得活出让母亲骄傲的样子。当然，我并没有做什么亏心事，也没有那种气势，但内心就是自然而然地发生了不可思议的变化。

不管怎样，父母去世后，亲子关系便会开启一段新的旅程。现在我还经常会在心里和母亲悄声耳语，有时一整天脑海里都离不开母亲的面容和身影，但有时也想独自静一静。无论是理津子还是我，随着岁月的流逝，我俩和各自父母间的关系还会继续变化。

读完这本书，作为都曾告别过父母的人，我想和理津子一起慢慢聊聊。

译后记

　　为什么翻译这本书呢？我想从与井上女士及这本书的相逢谈起。

　　2019年春，我刚搬到日本后不久，有一天，近邻的爱场先生（知名报社编辑）送给我一本书，正是《告别》的台版。我读后很感动，便从图书馆借来日文版又细读了一遍。"父母的年老和离开"是每个人终会面临的问题，"这条路大家早晚要走"。在这部写实作品中，井上女士毫不掩饰地剖析并吐露自己对于父母的复杂感情，引发了我内心的一种超越年龄层的共鸣。

　　巧的是，等到6月份，井上女士受附近自治会邀请，来我住的地方举办了一场有关日本近年来丧葬方面的讲座。爱场先生特意将我介绍给井上女士，两个人有缘得以结识。井上女士略较母亲年长，谦逊亲和，善于提问与倾听，在讲座前后我和她有一些互动交流，彼此都留下了很好的印象。

　　讲座后没几天，原出版社的同事刘娇娇，也就是本书责编，在闲谈时跟我提起最近比较关注家庭情感方面的问题，咨询我有没有这方面的好书。我便立马想到了这本书，娇娇在了解了相关情况后，也认为不错，决定把它介绍给中国大陆的读者。

当我把这件事转达给井上女士时，她很感意外。多亏井上女士与集英社积极沟通，最终责编拿到了版权。因为台版有些地方的翻译未尽妥当，加上有些用语不符合大陆习惯或书中人物的身份，我便接受委托重新翻译了这本书。

井上女士的文笔细腻，记忆力惊人，把当时的所历所思原原本本诉诸笔端，不掩饰，不避讳，连细微的心境变化都描写得极为准确，不愧为写实作家。然而，"告别父母"这个主题太过沉重，每读到令人痛心的场面，总是一次次搁下笔来。大阪方言、异国文化及其他疑难问题也屡屡让我头疼，不得不抱着字典或上网调查。

做梦也没料到的是，2020年元旦初译完成后，春节前一周，我回老家省亲的第五天，也就是腊月二十五，清晨天刚蒙蒙亮，外公竟突遇车祸……恨就恨县城救护车没有及时赶到，上午10点半时才将外公送到县医院。外公在接受急救时，父母和亲戚都守在门口，护士不停地出来吩咐大家去取药品或拿样本去化验，每个人都压着惊慌与伤心奔跑在病栋之间。快到傍晚时，医生说情况稍微稳定，我便立即坐车飞奔到外婆家，因为外公不回去，外婆肯定担心。我强装无事般与外婆聊家常、做晚饭，心里却不停祈求外公能够恢复意识。可天不遂人愿，晚上8点多时，母亲发来短信："你外爷刚走了。"泪水瞬间涨满眼眶，我不敢抬头，生怕外婆察觉。我很想直接告诉她，但母亲交代我先瞒着，怕她老人家无法承受。小姨夫很快先开着车回来了，哄着外婆把她送到了镇上的小舅家，那时嘴上喊着"咋回事"的外婆脸上写满了不安和惊慌。

深夜22点半，在母亲的陪伴下，救护车载着外公回到了家里。与外公阔别一年，再次相见竟阴阳两隔。我不敢相信、也不愿相信眼前躺着的人是外公，因输血过多导致无法吸收的脸部浮肿不堪，完全变成了陌生人。"这不是，不是我的外公……"我大哭道。

我起小在外公外婆家长大，对两位老人的感情可以说胜过父母……就在回家的九天前，我还和外公视频，当时外公说已经为我剥好了花生米，等我回去就做我最爱吃的糖酥花生。视频里的外公如同往日朗声笑道："你马上快回来了，到时好好聊，手机费电还费钱，就不多说了。"我感到特别后悔：后悔那时没再聊几句，多听听他老人家的声音；后悔回老家后没有立马去外婆家，我如果早点回去，外公也许就不会天未亮便开车上街……

外婆在第二天得知真相后，登时哭瘫在地："早上出门好端端的，到了晚上咋成了不归人了，可怜啊……"我搂着外婆哭成了一团。母亲作为大女儿，悲恸到几乎无法自已。从医院回家时，母亲一路上都紧抱着外公骨折的双腿，生怕老人家受冻；在接连两晚的守灵中，母亲都待在棺前，未曾合眼；出殡当天，母亲跪哭在地上，我怎么也拉不起来……从事故突发到葬礼结束的五天内，母亲没好好吃过一顿饭，一直说没胃口，整个人眼看着瘦了好几圈。

祸不单行的是，就在腊月二十九葬礼结束后，大年三十起因新冠病毒的突袭临时封城，每个人都被迫禁足在家，我原定回日本的机票也一再改签延期。之后一个月的时间里，母亲夜夜无法安眠，面容憔悴，我看在眼里疼在心里。我想安慰她，可就在葬礼结束后的第二天，自己也因持续一周的劳累和伤心引发低烧，加上疫情渐趋严重，眼看着在留卡即将过期，心有余而力不足，又给母亲徒添了忧愁。2月27日，离证件到期只剩两天时间了，不能再拖了，我决定"背水一战"，经过两天一夜的长途折腾后，我回到日本赶上了更新证件。让人宽慰的是，半个月后，老家的疫情管控有所松缓，母亲也能够早晚出门散心，聊以排遣哀伤。

回到日本后，因为临近交稿日期，我只好打起精神着手修改译稿，心情却与一个半月前截然不同，所谓的共鸣也多了好几分切实感。"刚刚过去的这几天，仿佛置身于类似节日的喧闹与骚动之中。"在为外公办葬礼的数天内，鞭炮声、烟火声、夜晚简易舞台上轰鸣聒噪的音响声，混杂在一起，不住地喧嚣着。我心里无比愤恨："这些有什么用?！"一忙完手里的活儿，我就跪在棺前流泪，只想静静地陪着外公，再多看老人家几眼，心里止不住地担忧：外公会不会觉得太吵呢?当外公终于长眠地下的那一刻，我最先感到的是一股"入土为安"的踏实和安心，继而是浓浓的孤独情绪将我紧紧包裹，冷风掠过坟头，在阴沉的天空中鸣咽。

外公因交通事故猝然离世，事发现场到底责任在谁必须调查清楚，好对逝者和生者有个交代。随着疫情渐趋稳定，在兄弟姐妹的商量下，母亲要抑制住内心的伤痛，找律师打官司，接下来必然还有一段艰难的路要走。老家仅剩年迈的外婆，今后她老人家的照料如何安排，也需要考虑。

我身在海外，帮不上什么忙，但母亲还嘱托我不要担心，照顾好自己，让我的愧疚之情更添了几分。我只有将其化为动力，尽快完成翻译。几经删改后，在冬去春来的四月，终于定稿。清明节时，全国降半旗为在抗击新冠疫情斗争中牺牲的医护人员和普通民众哀悼。这些逝去的人中，有父母也有孩子。那一天我的心情异常沉重，为离开的人们，也为我亲爱的外公。被病魔和被意外夺去生命都是一样的，对于生者来说，最重要的是如何走出悲痛，鼓起勇气面对今后的生活。

每天下午，待工作疲惫时，我总会独自到越边川附近散步。河岸两旁盛开着大片的油菜花，旁边就是农家的菜园和田地，和外公生活了一辈子的村庄风景有几分相似。我不禁想起，小时候和外公外婆一起在油菜地里薅幼苗、拔草，在黄澄澄的花海里玩捉迷藏，以及割油菜时外公开着拖拉机满载而归的场景。夕阳从山头斜射过来，静静洒在每朵花上。长眠于地下的外公，肯定也感觉到了这沁人心脾的花香和春天的温暖吧。

外公离开我快三个月了。每当看到桌子上外公的照片时，我觉得他似乎仍待在我身边，憨笑着，默默守候着他最疼的外孙女。当初在老家时，我生怕提起外公就惹家人伤心，便选择封印在心里。而现在，不论是在河边眺望农田时，还是模仿种菜好把式的外公莳弄小院的菜畦时，或者是尝试厨艺一流的外公教给我的烹饪技巧时，外公的言笑无时无刻不浮现在我的脑海，老人家在我的记忆里清晰无比。

今天值外公生忌，过去我一早便会打电话送上生日祝福，可今天再也听不到外公在电话那头"快乐快乐"的爽声回答了。在葬礼上，我曾偷偷想：再也吃不到，也不忍心吃外公做的糖酥花生了。今天我却突然想看看是否真的掌握了外公教的厨艺，结果竟然做成了。早上起来就压抑着的心情，在花生出锅的瞬间爆发，泪水再度涌了上来："外公，您看，我做成了……"走出厨房，抬头仰望蓝天，我仿佛看到外公从半空中朝自己点头而笑，顿觉肩膀轻松了许多。

之所以有这番心情上的变化，我想应该是受了《告别》这本书的影响。真濑树里女士在解读中说："一百个人读这本书就会有一百种理解方式"，"阅读他人的经验是有一定意义的"。在面对父母或者至亲年老和离去的话题上，所有人都是平等的。在老龄化日渐严重、认知症罹患概率显著增加的当下，如何正确看待亲子关系，如何在面对意外时尽快接受，如何在借鉴他人的经验中疗愈自我，我想都能在本书中找到答案。

在父母走后的第七年，井上终于能够梳理心绪，写出了《告别》这本书。同时，她还接触到了殡葬行业的工作人员，进而延伸到当前日本人普遍关注的墓葬，经过长年不懈的现场采访，相继写出了《殡仪师的工作》《当下的纳骨堂》等书。这些作品直面死亡，对日本的丧葬文化有着直观描述，近距离记录下殡葬行业人们的心声，将一直以来"见不得光"的工作情景展现在了读者面前。

"终活"一词在日本较为流行，意思就是为临终做准备。每天，日本的报纸、电车或车站里，到处都可见墓葬或葬礼公司的广告。面对死亡这个话题，日本人看得要开明些。受传统观念的影响，国内大多数人都对其讳莫如深，我的父母也不例外。然而，人和万物一样，有生便有死，不惧死亡，不忌逝去，也许才能以更正确的态度面对当下及未来的人生。如果想要突破这堵心墙，不妨读读井上女士的书。

在翻译过程中，井上女士多次通过邮件对我提出的各种浅问予以热心解答，爱场先生也很关心翻译进展。尤其是我的家人，全力支持我将这本书翻译出来，不厌其烦地为我解惑答疑，还替我承担了很多家务，最终促成了本书的面世，在此一并致以由衷感谢。

《告别》是我翻译的第一部写实小说，和学术、生活类图书不同的是，其文字蕴藉深厚，我不能百分百确保自己所翻译的每句话都保留着日文的原汁原味，只求做到准确平易，不误导读者。然碍于水平有限，仍无法避免各种疏漏，敬请读者谅解。

2020年农历三月十八日，记于扶桑

谨将此书献给我亲爱的外公

版本说明

本书改为文库版之际，在2015年9月集英社International所出版《告别》一书的基础上有改动，并重新编辑。